JN038140
愛
と
重たい少女たち
3
Mamorukun to ai ga omotai syoujotachi
鶴城東
ILL.あまな

CONTENTS

Mamorukun to ai ga omotai syoujotachi

DESIGN.
Yuko Mucadeya + Nao Fukushima
[musicagographics]

AI GA
OMOTAI
衛くんと
愛が重たい少女たち 3
Mamorukun to
ai ga omotai
syoujotachi

プロローグ

Prologue

森崎凛《もりさきりん》

弟に彼女ができた。

相手はよりにもよってあのクソ女……宵《よい》ケ《が》峰《みね》京子《きょうこ》だ。

ＳＮＳを介してその情報を知った時、私は、衛《まもる》のあまりの暴挙に失神しそうになった。

信じられない。私に相談もなく、なにを勝手な真似《まね》をしている？

どう考えてもあいつに彼女はまだ早い。なにより相手が問題だ。論外にもほどがある。

許せない。いや違う。

許してはいけない。決して。

なにせ私には義務がある。

衛をしつけ、その全てを管理することによって衛を守るという、飼い主として当然の義務が。

衛には幸せになってほしい。嘘《うそ》じゃない。私は本心からそう願っている。

あいつは何もわからない。騙《だま》されやすくて、弱々しくて、馬鹿で愚かだ。

私が手助けしなきゃ正しい道を歩めない。目を離せばたちまち崖底へ向かい、這《は》っていく。首輪が必要なんだよ。リードも。あいつのために。

もちろん一生涯独身でいろというわけじゃない。

時が来れば、あいつに相応《ふさわ》しい女は、私が責任をもって探し出す。

けれどそれは、間違っても京子《きょうこ》なんかじゃない。

だから命じてやった。別れろと。

横暴だと思われるかもしれないが、衛《まもる》を愛しているからこそだ。

なのに、逆らわれた。初めてだった。あいつに本気で拒絶されたのは……それどころか、人が変わったみたいに反抗的になって、私を避けるまでになった。

ここ数日は家にすら帰ってきていない。

おかしいだろ。なんでそうなる？　私たちは姉弟だ。あいつは私の人生において、大きな比重を占めているし、衛の人生においてもそうであるべきだ。

だから、衛が私から離れていくなんて……駄目だろ。

背骨を引き抜かれたかのように、軸が定まらない。

あの日から、私は日に日に不安定になっている。自覚がある。

くそが。どこだ？　私はどこで、なにを、どう間違えた？

完璧《かんぺき》にやってきたはずなのに。

少なくとも京子が上京してからの数年間は、衛を完璧に管理できていた。

抜けているあいつを、しっかり導いてきた。

私はよくやってきた。全力を尽くした。断言できる。

なら……やっぱり、京子しかいない。

あいつが帰ってきてから全部おかしくなったんだ。

あいつが帰ってこなければ、衛はおかしくならなかった。

全部、京子が悪い。

だったら、私は京子が地元に帰ってくると聞いたあの日に、おばあちゃんの家で待ち伏せでもして、あいつの腹を刺してから「衛に近づくな」と忠告でもしてやればよかったのか？

そうしていれば、衛があの女と付き合うことも、私を裏切ることも、なかったのか？

だけど、もし本当にそうしていたら。

『そこまで言うなら、衛が先月自殺しようとしてたことも知ってんのよね!?』

少し前、京子に叩きつけられたあの言葉が、耳の奥で響く。

『先月、このマンションの屋上で！』

あの時、京子は、見たことのない憤怒の形相で私を怒鳴りつけてきた。

『柵を乗り越えて、縁のギリギリに立って、飛び降りようとしてた！』

まるで呪いのように、気を抜けば、勝手に頭の中で再生される。

ぐるぐる、ぐるぐる、意識を蝕《むしば》むように、巡る。

『たまたま私が見つけたから止められたけど、あと少し遅れたら死んでたかもしれない！』

衛《まもる》が自殺をしようとしていたという、あの言葉が。

『家族とかなんとかいうくせして、衛が思い詰めてたことに気づけなかったわけ!?』

一言一句全てが私の心に深く突き刺さる。

京子《きょうこ》が嘘《うそ》を吐《つ》いたのでなければ、京子は衛の自殺を食い止めたことになる。

つまり京子がいなければ衛は死んでいた。

もちろんあの女を無条件に信じるわけじゃない。私は誰よりあの女が信用ならない。

だけど、それにしたってあの気迫は……嘘だと切り捨てるには、あまりに真に迫っていた。

きっと嘘じゃない。

だとすれば、私は……衛と京子を付き合わせないためには、一体どうすればよかった？

どこで何をどう間違えた？

私は、ただ衛を……

一話

森《もり》崎《さき》衛《まもる》

Mamorukun to ai ga omotai syoujotachi

夏休みのうちに、京子と旅行をすることになった。

行き先は県外の温泉地で、旅館の予約はすでに取ってある。旅行代理店のサイトで空き部屋を検索したら、お盆の期間にちょうど一部屋空いていたから、そこを押さえた。

欲を言えば、お盆じゃなくて、人が少ない平日に行きたかったけども。

せっかく夏休み中なんだし……けど、ほら。

うちの高校って、夏期講習の名のもと夏休み中もガンガン授業進めるから、夏休みなんて名ばかりで、普段と何も変わらないんだよな。一日サボれば、その分普通に遅れる。だから仕方がない。むしろお盆期間だけでも休みをもらえるなんて有情だ、とでも思わないと。

なんにしても、京子との初めてのお泊まりだ。混んでいようがなんだろうが、そんなの無関係に楽しめるはず……あっ。いや、厳密にいえばお泊まりは初めてじゃないか。

従姉弟《いとこ》同士ってことで、小さな頃に同じ布団で寝たことがあるんだった。あと京子が上京してからも、東京に行った時は必ず彼女の部屋に泊めさせてもらっていたし、なんならここ数日は、ばあちゃんの家で日々生活を共にしてすらいる。

だから全然初めてじゃない。

でも「デート」として二人きりでの宿泊は間違いなく初めてだ。

細かいようだけど、その違いは大きい。

こういうのは、二人の関係を進めるためのお膳立ての面もあるし……

その、つまり、き、キスより先に進むための、暗黙の合図というか……

と、とにかく。

この旅行で、ぼくらの関係は先へ進むかもしれない。付き合い始めて二か月だし、そろそろそういうことを期待しても、悪くない……よね？


「ねえ」

薄暗い部屋でテレビを見ていたら、耳元で囁《ささや》かれた。

画面から目を離さずに「なに？」と尋ねると、背後で、京子《きょうこ》が身じろぎをする。

腰かけているベッドのスプリングが軋《きし》み、つられるように、体が少し傾《かし》いだ。

「……今更だけど、今度の旅行、ほんとに温泉で大丈夫だった？」

また、京子が耳元で囁いた。熱を帯びた吐息を浴びて、耳朶《じだ》が湿る。こそばゆい。

ぼくは今、京子の太ももと太ももの間にすっぽり収まり、包み込まれるように抱きつかれて

いる。

「なんで?」

質問の意図が摑《つか》めなくて、聞き返した。

照明を落とし、カーテンまで閉め切った室内は、まだ夕方なのに十分に暗い。

視線を落とす。京子《きょうこ》の白く長い二本の腕が、ぼくの腹にゆるく絡みついている。なんとなく、その腕に指先で触れた。エアコンが吐き出す冷気のせいか、肌がシンと冷えている。

「やー……やっぱ温泉はちょっと渋いし。ユニバとかの方が良かったとか、ない?」

横目に、京子をうかがう。

京子はぼくではなく、テレビを見ていた。

画面から放たれる光に照らされて、その顔にははっきり陰影がついている。

いつ見ても変わらず綺麗《きれい》だな、と思う。

「いや、全然」

旅行先に温泉を選んだのは京子だ。繁忙期で間違いなく混雑するだろうテーマパークや観光地で人にもまれながら遊ぶより、旅館で温泉にでも入って過ごしたいから、らしい。

気持ちはよくわかる。ぼくも人混みは苦手だ。だから特に何を言うでもなく賛成したんだけど、もしかして、ぼくに気を遣わせたと思っていたんだろうか?

「温泉、普通に好きだし。それにぼくも、人が多そうな場所は嫌だよ」

「そ?　……なら、いいけど」

前に視線を戻す。

画面には、今より少し年若い京子が映っていて、何か台詞《せりふ》を喋《しゃべ》っていた。映画だ。三年前に公開された、少女漫画を原作とする邦画で、アイドルだった頃の京子が脇役で出演している。

今のぼくと、同じ年頃の、京子。

「ちょっと若い?」

「若いねー、だってまだ十代だよ。未成年だ、未成年」

……ぼくらは今、京子の部屋で映画鑑賞をしている。

夏期講習が終わって、ばあちゃんちに直帰し、夕飯までに数学のワーク集を解いていたら、京子から「暇だから一緒に映画でも見ようよ」と誘われた。

ワーク集は急ぎじゃない。だから「いいよ」と即答した。で、サブスクで映画を検索していたら、京子がこの作品に目を留めて、なんとなく見る流れになって……今に至る。

「やっぱ若いよなぁ」

背後の京子がしみじみと呟《つぶや》いた。

十七歳。同い年のぼくが年の割に幼い容姿だということを差し引いても、画面の中の京子は同年代には見えない。大人びている。

すごいな。

京子《きょうこ》の芸能界での活躍を見ると、たまに、彼女を遠くに感じることがある。

今もそうだ。

高嶺《たかね》の花という言葉が、ふと頭をかすめた。

……馬鹿らしい。そんなものは、つまらない卑下《ひげ》だ。強がりではなく、本気でそう思う。

だけど……

画面の中の京子は制服姿で、同じ制服姿の俳優とデートをしている。脇役同士のささやかな恋愛劇が繰り広げられていた。相手は、今や飛ぶ鳥を落とす勢いの若手俳優で、当然格好も良くて……ついつい「つり合っているなぁ」なんて思ってしまう。

それはどうしようもない事実だ。客観的に見て、どうしてもお似合いなのだ。

当時は何も思わなかった。でも関係が変わった今になって改めて見返すと、なんともいえない複雑な気持ちにさせられる。胸にひっかかるというか、なんというか。

まあ、嫉妬《しっと》だよね……いや、もちろんわかっている。これはただの仕事で、京子は演技をしているだけにすぎない。うん。わかっている。わかっているけど……

うーん……やっぱり嫉妬してしまう。シンプルに器が小さい。

「てか、やば」

悶々としていたら、京子がぼくの肩に顎《あご》を乗せてきた。

そして、声を低くして呻《うめ》く。

「演技が下手《へた》すぎて、段々恥ずかしくなってきちゃったぜ」

照れ隠しのような口調。どうやら自分の演技に納得いっていないらしい。

「……そう？　上手《じょうず》だと思うけど」

情けない感情を理性で覆い隠して、返した。

実際、素人《しろうと》目には京子の演技に問題があるようには見えない。

「どーも。でも、本職の人らと比べたら全然だよ。お相手との力量差がエグい」

「全然見劣りしないよ」

「するって。くそ。現場でめっちゃ気を遣われてたの思い出してきた……」

「わからないけどな」と、相槌《あいづち》を打ちつつ、画面をじっと見る。

お相手の俳優に照れた笑顔を向ける京子は自然体のようで、演技臭さもない。

「やっぱり自然だよ」思いついたまま、口にした。「……ちゃんと、デートを心から楽しんでるように見える」

すると京子が「……ふうん？」と呟《つぶや》いて、ぎゅっとぼくの腹を締め付けてきた。

同時に、背中に柔らかな感触が押し付けられる。

なんだ？　と思ったら、京子が「もしかして、それってさ」とぽそぽそ囁《ささや》いてきた。

「嫉妬してるからじゃない？」

どこか面白がるような声音《こわね》だ。

「え？」

「私と他の男のデートを見て、冷静な判断ができなくなってるのかなー……とか」

あぁ。たしかに、嫉妬《しっと》で目が曇るというのは、あるかもしれない。

……完全に見透かされている。恥ずかしくて、顔が火照《ほて》ってきた。

「図星？」

京子《きょうこ》がぼくを抱きかかえたまま、強引に顔を覗《のぞ》き込んでくる。

どことなくこちらを挑発するような、勝ち誇ったような笑顔に、うっ、と声が詰まった。

反発心が少しだけ湧《わ》いてくる。でも、変に誤魔化《ごまか》すのも、違うよな。

「嫉妬は、正直、してる」

白状した。

「おっ。認めた」

「うん。でもさ」

「なに？」

「仕方ないよ。だって、それだけ京子のことが好きなんだから」

恥ずかしさをこらえて伝えると、京子が一瞬、固まって黙った。

かと思えば「なるほどね」と頷《うなず》いて、テレビに向き直る。

「………でもこれ、ただの演技ですけど？」

「それはわかってる。なのに嫉妬したんだよ。だから、演技が上手《じょうず》だなって……感じたのか」

やけくそ気味に続けた。

ここまでくれば、どれだけ恥をかいても同じことだ。

「京子の言う通り、嫉妬して、冷静に見れていないのかもね」

返事はなかった。ただ、ぎゅうっとよりいっそう強く抱きしめられる。

身体《からだ》を押し付けられて、とにかく柔らかさを感じる。

「……京子？　あのさ、なにか言ってくれない？　結構恥ずかしいんだけど」

促すと、京子がぼくの肩に顔を埋めた。

「……案外、独占欲強いじゃん」

くぐもった声で言われる。服越しに、京子の吐息と、熱が伝わってきた。

「あー……悪かった？」

「……いんや？　全然……てか、衛《まもる》ってそんなに私が好きだったの？」

「好きだよ。大好き。今更じゃない？」

「即答て。うっわ、なんかはっずー……」

「ええ……そっちから仕掛けてきておいて……」

「いやいやいや。こんな直球で返されるとか思わないから。素直すぎかよ」

「まあ」

曖昧《あいまい》に返事をしつつ、さすがにぶっちゃけすぎたか？　と反省する。

でも一方で、これくらいはやらなきゃ駄目だよな、とも思う。

先月、桂花《けいか》さんとの一件で、ぼくは京子《きょうこ》を傷つけて、泣かせた。

全面的にぼくが悪い。ぼくが不誠実だったせいだ。

一つ、確実に言えることがあるとすれば、ぼくがもっとしっかりしていれば、桂花さんに付け込まれることもなく、京子に嫌な思いをさせることもなかった、ということだ。

あの日のことは心底後悔しているし、反省もしている。

ただ、どれだけ悔やんでも、犯したミスは、過去から消えてなくなったりしない。

だから、せめてもの償いとして、これからは京子に対してより誠実でいようと誓った。

今、馬鹿正直に答えているのもそう。隠し事は極力せず、聞かれたことには可能な限り答える。極端かもしれないけど、それがぼくなりのけじめのつけ方だ。

画面に視線を戻す。場面が変わっていて、主演二人が高校の教室で真剣な話をしている。

だけど、羞恥《しゅうち》が尾を引いて、内容が頭に入ってこない。京子は京子で画面を見すらせずに、ぼくの肩に顔を埋めて黙り込んでいるし……なんだかもう、映画を見る雰囲気じゃないな。

よし。

「ちょっとごめん」

身をよじり、ベッドの上で京子と向き合う。

彼女の顔が、薄暗い部屋の中でもわかるくらい赤くなっている。

胸の奥で何かが爆《は》ぜた。心臓だ。鼓動が一瞬で強くなる。

なんのてらいもなく、好意が膨らんでいく。

やっぱり好きだな、と思った。

「京子」と彼女の腰に両腕を回す。

応えるように背中に腕を回された。足の位置取りに苦心しつつ、真正面から抱き合う。京子はぼくより大きい。自然と、彼女に包みこまれる形になる。

鼻先が触れそうな距離感の中で見つめ合うと、ふいに、京子が目を閉じた。

長いまつ毛が、伏せるようにその毛先を下げる。

何を期待されているのか、瞬時に察した。もう慣れたものだ。

唇に唇を近づけて、触れる。やわらかさと、リップのぬめりを感じた。

ふわっと香ってくる匂いが心地よかった。

すぐに口を離す。触れるだけのキス。

京子が目を開けた。湿った瞳と、また見つめ合う。

そのまま、どちらからともなく、強く抱き合った。

……このまま混じり合ってしまいそうな錯覚に沈んでいく。

だけど。ここから先へは……進まない。

明らかにそういう雰囲気だけど、でも、ぼくらの間には暗黙の了解があった。

この先へ関係を進めるのは、お盆の旅行。そういう空気がある。

不満はない。いいや、むしろありがたい。

京子《きょうこ》とそういうことをするのは、正直、怖い。

もちろん、嫌なわけじゃない。期待する下心も、当然、あるにはある。

でも、もしも本当にそういうことをしてしまえば、ぼくらはいよいよ、ただの従姉弟《いとこ》同士に戻れなくなってしまう。それが、とにかく怖かった。

十数年間積み上げてきた二人の関係を徹底的に崩してしまうのだから……とてもじゃないけど、軽い気持ちでは踏みだせない。

なんでもいいから、免罪符が必要だ。

そしてそれが、ぼくにとっては「泊まりがけの旅行」なわけだ。

「……旅行、楽しみだね」

耳元で、ゆっくり囁《ささや》かれた。

あぁ。京子も、ぼくと同じことを考えていたのかもしれない。

そう思うと、少し安心してしまう。

「うん」

ぼくは素直にそう答えた。

◆

「今年は亜希子《あきこ》、早くからお盆休みが取れたらしいのよね」

ダイニングの食卓に京子と並んで座って、ばあちゃんが作ってくれた夕飯を食べていたら、京子の真向かいに座るばあちゃんが、急にそんなことを言ってきた。

亜希子というのは、京子の母親のことで、つまりぼくの母方の伯母《おば》だ。

その人となりを一言で表せば、強い。これに尽きる。

なにせ、京子が幼い頃に旦那さんを亡くして以降、時折ばあちゃんの手を借りつつも基本は女手一つで京子を育て上げている。とにかく根性があるし、気が強い。あと、誰かに悪意をぶつけられたら、百倍にして返すような負けん気の強さもある。

いや、本当良い人だし、普通に接していれば気の良い人なんだけどね。

ただ、あの凛《りん》でさえ、亜希子さんにはそこまで生意気な態度を取らないと言えば、その程度も伝わるかもしれない。

自分の娘にすら怯《おび》えを抱くような、ぼくの母さんとは正反対な人だ……いや、正直ぼくも得意というわけじゃないんだよな。かなり可愛がってもらっているし、好きだし、感謝もしているけど……それはそれとして、ほんの少しだけ苦手でもある。

ノリが合わないというか。相性が悪いというか。

「あ、そうなんだ。じゃあ、こっちに早く帰ってくるの？」

煮魚を箸《はし》でちまちま解体していた京子《きょうこ》が、手を止めてばあちゃんに聞いた。

おばさ……亜希子《あきこ》さんはお盆には毎年実家に、つまりこの家に帰省してくる。特別な理由がない限り、今年もきっとそうするだろう。

「そうね。明日の夕方に帰ってくるんですって」

「明日？」京子が抜けた声を上げた。「早。急すぎない？」

たしかに急だ。お盆まではまだあと三日もある。とはいえ、亜希子さんが早く帰ってきたところで特別困ることがあるわけでもない。

「私に言われても知りませんからね。こっちも今朝、急に連絡があったんだから」

ばあちゃんが、ぴしゃりと言い返した。

「や、おばあちゃんを責めたんじゃなくて。ちょっとびっくりしただけだよ」

「あらそう。なんだったかしら、えーっと、職場で色々あったんですって」

「ふーん……」

「ねえ。亜希子さんが帰ってくるなら、ぼく、明日からは自分ちに帰ろうと思うんだけど」

間が空いた瞬間を狙って、ばあちゃんに切り出した。

すると、ばあちゃんより先に、京子が「え、なんで？」と意外そうに疑問を向けてくる。

「部屋なら余ってるのに……あー、衛《まもる》って、実はお母さんが嫌いだったり……？」

「違う違う。そうじゃない。いい加減、一度は帰っておかないとまずい気がしてて。家を出てもう二週間になるし。だから、なんとなく、いいタイミングだなって。それだけだよ」

凛《りん》に襲われて……家出して、もう二週間以上経《た》った。

その間、ぼくはずっとここに居候《いそうろう》させてもらっている。ただでさえ京子という居候の先客がいるのに、さらに世話しなきゃいけない人間が増えて、ばあちゃんも大変だったに違いない。元気すぎて忘れがちだけど、ばあちゃんもやっぱり老人だからね。

これ以上、迷惑をかけるのも気が引ける。

なにより家出が長引きすぎて、得体のしれない罪悪感が芽生えていた。

あんな家でも……母さんも父さんもぼくに興味があまりないし、凛には虐《しいた》げられてすらいるけど、それでも自分の家なんだ。嫌いだけど、本当に心の底から嫌いだけど、独り立ちしているわけでもない身だし、いい加減、帰らないわけにもいかないだろう。

それと、なにより、気になっていることもある。

京子が難しい顔で「んー」と腕を組んだ。

「……あの家に、無理してまで帰る必要ってある？」

納得しかねるといった様子は、きっとぼくを心配してくれているからだ。

そういう優しい言葉をかけられると、楽な方に流れてしまいそうになる、けど……

「帰らずに済むならそうしたいけど、ばあちゃんにこれ以上迷惑かけるのものなぁ」

京子《きょうこ》が返事代わりのように小さく呻《うめ》いた。そうか。京子は京子で、居候《いそうろう》という身分に後ろめたさを感じているんだな。

「迷惑ってほどじゃないわよ」

ばあちゃんがなんてことないふうに言った。

本音なのか気を遣ってくれたのか、判別が難しい。

「そう？　でもなぁ。京子と違って家賃も収めてないし、いつまでも甘えてられないよ」

アイドルをしていた頃の稼ぎをしっかり貯蓄していた京子は、その貯蓄を切り崩しながら、毎月何万円かを家賃としてばあちゃんに渡しているらしい。相当稼いだからこそだろうけど、現状では収入の当てがない中、甘えずにしっかりよくやっている。

「じゃ、衛《まもる》もご両親に頼んで、生活費出してもらえば？　それをおばあちゃんに渡せば……」

京子の提案を、ばあちゃんが「やぁよ」と嫌そうにはねつけた。

「孫の面倒をちょっとの間見るだけなのに、娘夫婦からお金を取るなんて、そんなケチな真似《まね》はしたくありません」

「えっ？」京子が大げさな身振りで自分を指差した。「私も孫だけど、お金取られてるよ？」

「あのねぇ！　京子は元々社会人でしょうが！　それに下手《へた》すりゃ何年もここに住むんだから、貯金がある限りは生活費を払って当然じゃない！　学生の衛とは違うでしょう！」

「それもそうか」

京子はあっさり頷《うなず》くと、「だってよ？」とでも言うようにぼくを見てきた。

お金の心配はいらないから、安心してここに留まれ、という目だ。

いや、困るんだけど。そりゃあ、ぼくも帰らずに済むのならそうしたい。

でもなぁ……。

「……少し気がかりなことがあるんだよ」

「なに？」

「凛《りん》がまだ、この家に乗り込んできてないことが」

答えると、京子が「あー……」と、同意するかのように呟《つぶや》いた。

凛はぼくの一つ上の姉だ。凛とは昔から折り合いが悪い。

というか、一方的に偏執的な感情を向けられ続けている。

どういった理由で、凛がぼくに執着しているのか、ぼくは知らない。知りたくもない。

ただ、ひたすら迷惑に感じていることだけは間違いなかった。

ここのところ、ぼくがこの家の厄介《やっかい》になっているのも、本をただせば凛のせいだ。彼女の怒りを買い、家に居られなくなったことで、ばあちゃんに泣きつかざるをえなくなった。

「凛ってさぁ……あんまり言いたくないけど、カラスやヘビみたいに執念深いでしょ？」

実の姉に対するものとしてはあんまりな人物評かもしれない。

だけど京子《きょうこ》はためらいなく「そうだね」と頷《うなず》いた。仕方ない。多少なりとも凛《りん》を知っていれば、それはどう頑張っても否定のしようがない。

凛が今現在、ぼくをどう思っているか、正確なところはわからない。

ただ、怒りや憎しみ、執着のようなドス黒い感情を抱いていることは確実で、だとすればあの執念深さから、毎日のようにこの家に突撃してこなければおかしいはず。なのに、その兆しすらなかった。あ、いや、家出直後に高校付近で待ち伏せはされたな。でもそれきりだ。

あの凛が、一度追い返されたくらいでぼくを諦《あきら》めるなんてこと、ありえるだろうか？　ない。ありえない。

「起こるはずの問題が起きないと、かえって気持ちが悪いよ」

凛が何もしない理由が気になる。

いつ爆発するかわからない爆弾を抱え込んだ気分だ。

「だから、一度帰ってみて、直接様子を見たいんだ」

まっすぐに目を見て伝える。

「……そっ、か」と、京子が控えめに笑った。

「なるほどね。そこまで気持ちが固まってたなら、もう無理に反対できないな」

「心配してくれてありがと……まあ、でも、家に帰って凛に酷《ひど》い目にあわせられたら、またすぐ泣きつくかもしれないけど」

「好きにしなさいな。こっちは別に迷惑なわけじゃないんだから」

ばあちゃんが話を締めた。

宵《よい》ケ《が》峰《みね》京《きょう》子《こ》

一緒に生活してみてわかった、衛《まもる》のこと、その一。

衛は高校生にしては寝るのがめちゃくちゃ早い。

宿題とかやることがなかったら、夜の十時前にはふらーっと布団にもぐり込んじゃう。

夏期講習で毎日朝が早いのはもちろんあるけど、健康的すぎる生活サイクルはあいつの真面《まじ》目《め》さの裏返しだ。えらいよね。小学生みたいだけど。

たださー、私は夜型だからなー。衛が寝たらかなり暇。時間を持て余す。

だったら受験生なんだし勉強でもしてろって話だが。いやわかる。その通りです。マジで正論。でもどーしてもやる気が出ない時ってあるじゃん。そんな時、衛が寝てたら中々不便。

そうなると、桂花《けいか》に相手をしてもらうしかないよねって。

桂花は私がアイドルだった頃の仕事仲間だ。昔、同じグループで活動してた。

芸能界の知り合いで今も交流が続いてるのは桂花だけだから、多分親友なんだと思う。

思うって曖昧《あいまい》な言い方になったのは、つい最近、彼氏を寝取られかけて大喧嘩《おおげんか》したから。

奇跡的に仲直りできたし、前と同じような関係には戻れたけど、ふとした拍子にあの時のことを思い出すことはやっぱり時々あって、だから完全に元通りってわけじゃない。

ま、お互い表面上はうまくやってるけどね。桂花《けいか》のこと好きなのは間違いないし。

とにかく、そんな桂花とは週に二回くらい電話する。衛《まもる》が寝た後、暇つぶしがてら「復讐《ふくしゅう》」に関する定期報告や相談したり、どうでもいい雑談したり。案外話のネタは尽きない。

今日も衛が課題をぱぱっと終わらせて、仏間に布団を敷いて早々と寝ちゃったから、桂花に電話することにした。

「おっすー、桂花?」

ラインのログから桂花を選んで電話をかけたら秒で繋《つな》がった。早。スマホ弄《いじ》ってたのかな。

「んー、おつかれー」

スピーカーモードにしてベッドに放り投げたスマホから、桂花の声が聞こえてきた。

相変わらず声は低め。耳に優しくて、聞くだけで落ち着く。この声好き。

「おつかれー、なにしてた?」

ごろっとベッドに寝そべって、だらーっと全身から力を抜いて、聞いた。

「ゲーム。すげー暇だから、最近積みゲー崩してんの。偉いだろ」

相変わらず仕事が少ないらしい。

「偉い偉い。何のゲームしてるの?」

「ゾンビ殺す系のサバイバルホラー」

うわ。趣味悪……あーいや、蓼《たで》食う虫も好き好きっていうし、人の趣味を否定するつもりはないけどね。ただなー、個人的にホラーだけは楽しみ方がさっぱりわかんないんだよなー。恐怖とグロって、それほんとに娯楽？　なんでお金払って不快なモノに触れるんだ？

「ふーん。ま、頑張って」

「なんじゃそりゃ。京子《きようこ》はホラー苦手なんだっけ？」

「苦手だよ。面白さが全然わかんないわ」

「もったいねー。衛くんはゾンビ撃つゲーム好きっぽいし、頑張って一緒に遊べば？」

「なんで桂花がそんなこと知ってんの？」

まさか、まだ隠れて衛とこそこそ連絡を取ってんのか、この女？　って疑念が浮かんで、思わず声が低くなった。もうほぼほぼ威嚇《いかく》だな。警戒心強すぎだけど仕方ない。

やっぱまだ桂花を微妙に疑ってるなー。

ま、あんなことされたんだし、しばらくは見る目が変わって当然か。

「あ、いや、先月衛くんがゲーセンで楽しそうにプレイしてたから……」

桂花が気まずそうに答えた。なるほどね。

桂花がこないだ私に内緒で衛をデートに誘いやがった時の話か。

「あーね、そっか。ならいいや。ま、機会があればやってみるよ」

「それがいい……んで、その衛《まもる》くんとはどうよ。こないだ話した映画はもう見た？」

桂花《けいか》が逃げるように話を変えてきた。

「あ、ちょうど今日見た。面白いくらい上手《うま》くいったよ」

数時間前に衛と映画を見た時の流れを思い返したら、自然と頰《ほお》が緩んだ。でも仕方ないよね。だってあの受け身な衛が、自分からキスしてきたんだから……ふ、ふへっ……！

あぁー……キスする時の衛って、ほんっとーに可愛いっ…………待て。

おい。おい私。なに、喜んでる？　あいつ敵だろ？　恨んでるんだろ？

あのキスも、復讐《ふくしゅう》のために、仕方なく受け入れただけだろ……？

なのに、なんで私は、喜んで、へらへら笑って、マジでッ……！

私ときたら衛が美少年だからって、毎回毎回懲《こ》りずにっ……落ち着け！

そう、嬉《うれ》しくない、嬉しくなんかない、マジで、全然ッ、嬉しくなんかない…………！

ふーっ……よし。

もう大丈夫。嬉しくなかった。キスされても全然心が動かなかったな。うん。

「へえ。じゃ、しっかり嫉妬《しっと》されたのか」

「された。めっっっちゃされた。なんなら独占欲むき出しで迫られた」

「そりゃよかった。順調だな」

あんがと、と返した。

私は衛を心底恨んでて、その復讐のため仕方なく衛と付き合ってるんだけど、桂花にだけはそのことを伝えてある。

「桂花のおかげだよ」

これはお世辞じゃなくて本音。映画にある、私のデートシーンを見せれば、衛の嫉妬心を煽《あお》れるかも、って案を思いついたのは桂花だ。ほんと良いアドバイスだったよね。

てか忘れてたけど、そもそもあの映画って、衛に私を意識させるためにオファー受けたとこあるし。

当時はアイドルとして波に乗りだした頃で、デートシーンを演じるのはリスクがあるから気が進まなかったけど、でもほら、他の男と仲良くしてるとこ見せたら、衛も私を意識するようになるかもなー……って思ってさ。意を決して出演したわけですよ。

ま、当時の衛は私を一ミリも意識してなかったから反応激薄だったけど。

くそっ。思い出すとイライラする。あの唐変木《とうへんぼく》が。

………ま、でも、三年越しに作戦成功したし？

めちゃ嫉妬させてやったし？

だからもう悔しくなんかないし？

ざまみろ。

「桂花にも見せたかったなー、嫉妬して正面から抱き着いてきた衛」

「へー」

「顔なんか真っ赤でさぁ……ちょっと怒った感じでちゅーしてきてんの。あの衛《まもる》が、私を他の男に渡したくないって嫉妬《しっと》と独占欲丸出しにしてくるの、やばくない？」

「やばいやばい」

「でっしょぉ？　はー……なんかさぁ……ガチめに私に惚《ほ》れてそうなんだよね」

にやけないよう顔に力を入れながら、指で毛先をもてあそぶ。

「そうなん？　じゃ、そろそろフる感じ？」

桂花《けいか》に聞かれて「んー」と曖昧《あいまい》に返事した。

衛への復讐《ふくしゅう》は、衛を私にべったり依存させたうえでフることを目的にしてる。

なんでそれで復讐になるかっていえば、私が衛にフられた過去があるから。

そう。昔はほんとに好きだったんだよ。衛のこと、大好きだった。

当時は衛が好きすぎて、あいつを振り向かせるためになんでもやったな。我ながらほんと尽くした。時間もお金も体力も、持ってるものぜーんぶ費やして、親戚《しんせき》、しかも年下の子相手にガチってた。大げさじゃなく、当時の私はあいつのために生きてたとこがある。

なのに、だよ。なのに、衛のやつ……他の女なんか好きになりやがった。

私の想いに気付きすらせずに。

……なくない？

死ぬほど尽くした私にはちっとも惚れず、性格悪い他の女になびくって、マジでない。ありえないって。どんな判断だよ。私、殺されてもいいくらい、衛を愛してたのに。

そりゃ衛には、私の気持ちを察して応える義務は、ないけど…………はあ。

そうだよ、わかってる。八つ当たりだ。こんなのただの八つ当たりだ。

衛を失った私には、なんにもなかった。笑えるくらい空っぽだった。胸に穴があいたとかそんなレベルじゃない。抜け殻。セミの抜け殻。中身がごそっとなくなったんだよ。

そんな抜け殻の私を満たしたのが、恨みや憎しみだった。

可愛さ余って憎さ百倍。衛への逆恨みが、私の次の生きる目標になった。もうね、私の気持ちを知らずに他の女に夢中になって、恋愛相談までしてくる衛がとにかく許せなくてさ。

過去を清算して、新しい自分にならなきゃ駄目なんだよ。

理不尽《りふじん》だってわかってても。

「やっぱあともう一押しほしいかな」

でだ。最近やっと、衛が私を女として意識してるかも？　ってとこまできた。

ふとした時に向けられる態度や、かけられる言葉が、明らかに前とは違って、そういう小さな変化の積み重なりが確信に繋《つな》がってって……そこにきて今日のアレよ。

あいつ、絶対私を好きになってる。そうとしか思えない。賭《か》けてもいい。

付き合いだして二か月……いや、復讐を決意してからは、五年か。

ついに惚《ほ》れさせてやった。

今、衛《まもる》をフれば、大きなショックを与えてやることができる。

その気になれば、復讐《ふくしゅう》を遂げられる……そんな状況になった。

けど、足りない。

まだ足りない。

私が受けた苦しみは全然こんなものじゃない。

もっと惚れさせる。何より誰より私を好きにさせて、私がいなきゃ死んじゃうってくらい依存させて、そこまでやってようやくフッて、私と同じだけの絶望を与えてやる。

妥協なんかしない。

「そっか。まあ、気が済むまでやらないと復讐をやる意味もないからな。頑張れよ」

「あぁ、あんがと………あのさぁ」

「なんだ?」

「最近、妙に優しくない?」

「は?」

「あんま茶化してこなくなったし」

桂花《けいか》が「あー……」とか言う。

桂花はちょっと前まで、私の復讐への決意を微妙に信じてなかった。

たとえば衛と進展があった時、それを報告すれば、お約束みたいに「どーせそのまま付き合い続けるんだから、復讐なんてすっぱりやめたら？」とか突っ込んできたし、それでも絶対フるからって念押しすれば「ふーん。でも本当は衛くんが好きなんだろ？　プライドが邪魔して素直になれないだけで」って茶々をいれてきたりしてた。

親友としてわりと最低な反応。けどなんだかんだ最後は毎回応援してくれたから、多分だけど小馬鹿にしてたってより、見透かした気になって呆《あき》れてたんじゃないかーと思う。

そういう態度はそこそこ不愉快だったけど、でもいざあの軽口がなくなったら、それはそれで距離を感じて不安になる。わがままだなー、私。

「こないだの喧嘩《けんか》を引きずって変に気を遣ってるなら、そういうの、やめてほしいんだけど」

桂花をまだ警戒してる私がどの口で言う？　って感じだけど、それとこれとは話が別。

だって私は被害者で、桂花は加害者だ。つまりこっちに分《ぶ》がある。

「別に気は遣ってないんだけど」

スマホの向こうから歯切れの悪い声が返ってきた。

「じゃあなに？　なんでそんな気を遣うの？」

「……先月、色々あったおかげで、考えが変わっただけだよ。気を遣ってるんじゃない」

迷うような間があって、桂花が話しだした。

「前までは、衛くんに復讐するとか言ってても、半信半疑というか、男子小学生が好きな子に素直になれなくて意地悪するアレみたいにしか見えなくて、茶々入れてたけどさ」

「だろうね。実際、私への対応かなり雑だったし」

「悪かったって。今は違うぞ。京子《きようこ》の本気を信じられるようになった」

「ふーん……」

「で、まあ……私も、本気の友人を茶化すほど終わってない。そういうこと」

マジなトーンで言われて「ならいいけど」って納得する。

態度を変えた理由が腫《は》れ物に触るような他人行儀なものじゃなくて、私の言葉を信じられるようになったから、っていうなら、これ以上言うことはないかな。

ただ、今まで信じてなかったのは普通にムカつくけど。ま、そこは仕方ないか。

「……話戻すけど、衛《まもる》くん惚《ほ》れさせるためのあと一押しって、あてはあるのか？」

「あるよ。前にも話したはずだけど、今週、衛と旅行するからそこで仕掛けるかな」

桂花《けいか》には、お盆に衛とお泊まり旅行に行くことと、そこで何するかをとっくに伝えてある。

旅行までに衛を焦《じ》らし続けて、旅行中、いよいよエッチできるぞ、ってとこでお預け食らわせてやるっていうね。手に入りそうで入らない時ほど、人って執着が強くなるし、きっとそれが最後の一押しになってくれるはずだ。

「あぁ。そっか、そういやもう盆休みだな。こういう仕事してると、その辺忘れるな」

「とにかく、旅行中に全部終わらせるつもりだから。こっちも早くすっきりしたいしねー」

「そうなんだ。じゃ、上手《うま》くいけば、旅行先で衛くんをフる？」

「ん。フる」

短く答えると、桂花が「そうか」って短く答えた。前ならここで「そんなこと言って、どうせフれないだろ」とか水を差してきたはず。それを思うとまあまあストレスフリー。いいことだね。うん。

「はー……長かったー……やっと恨みを晴らせる時が来たよね」

まだ終わってないのに、もうやり遂げた気持ちになってきて、しみじみ総括する。

桂花が「……あのさ」って控えめに声をかけてきた。

「なに？」

「復讐《ふくしゅう》が終わったら、どうするんだ？」

「ん？」

聞かれて、一瞬硬直。言われた意味を呑《の》み込めなかった。

復讐が終わったら、どうする……？

「ごめん。それ、どういう意味？」

「そのままの意味だよ」

「わかんないって。どうするって、普通に終わって……あ、衛が追いすがってきたら、とことんいじめるよ。思わせぶりな態度をとって、やり直せそうな雰囲気出して、焦らしてやって、

全力で苦しめて……」

「もし、衛《まもる》くんがすんなり京子《きょうこ》のことを諦《あきら》めたら？」

刃物を差し込むように、スッと発言を遮られた。

「フった後の衛くんとの関係とか、新しい目標とか……どうするんだよ」

「新しい目標て。そんなの大学入試目指して受験勉強しますけど」

「そうじゃなくて。私が言いたいこと、わかってるだろ。これまで京子の人生には、衛くんがずっといたじゃないか。小さい頃は彼に好かれるために頑張って、失恋後は恨んで、復讐《ふくしゅう》するためにアイドルにまでなって……形はどうあれ、衛くんへの感情を燃料に生きてきた」

「……まあ」

「復讐が完遂しそうなのは、いい。よく頑張った。でも、それって衛くんとの繋《つな》がりをなくすかもしれないってことだろ。フッたら疎遠《そえん》になる可能性が高いわけだ。京子の人生から、衛くんがいなくなるんだ。その辺、しっかり考えてるのか？　大丈夫か？」

ん、ん……これ、結構ガチなやつだな。

けどま、数年越しの目標を達成したら、燃え尽き症候群を心配されても仕方ないか。

「そういうことね……」ってあんま意味がない言葉で沈黙を埋めながら、考えた。

衛をフった後のビジョンは、ないわけじゃない。

死ぬほど私に惚《ほ》れた衛は、フられても私を諦められなくてどこまでもすがってくるから、生かさず殺さず弄《もてあそ》び続ける。衛《まもる》を玩具にしてやる。そういう未来を、うっすら想像してた。

でも衛ってそもそも瑞希《みずき》ちゃん相手に失恋した時、自殺してでも思いを断ち切ろうとしてたんだよな。そんな衛をフったとして、私に追いすがってくるかっていうと、微妙かも。

てか最近の衛って昔と比べてメンタル強くなってるし、どれだけ私に惚《ほ》れてたとしても、フられてしまえば案外すぱっと私を諦《あきら》めて、平気な顔して次に進んじゃうんじゃ……？

いや、ありうる。

全然ありうるぞ……

あれだけ惚れこんでた瑞希ちゃんを完璧《かんぺき》に拒絶したこともあるし、生まれてから一度も逆らえなかった凛《りん》に反抗までしてみせてた。案外、人間的に成長してる……て、ことは。

復讐《ふくしゅう》終えたら、私たちの関係……さっぱり消滅する可能性がある？

「……いっ」

声が詰まった。

「い？」

「いうて、衛、もう私にべた惚れだし……」

「は？」

「フッても、しつこくすがってくると思うんだけど……やり直したいです、って。あ、もちろんやり直す気はないけど、思わせぶりに弄んで、ずーっと生殺しにしてやるつもりだから、関係がなくなるってほどじゃないよ……」

願望みたいな展望を口にした。いや自分でも都合良いなって思う。

電話口の向こうで、桂花《けいか》が一瞬沈黙した。

「……じゃ、もしそうならなかったら？　衛くんが悲しみながらも、潔く離れていったら？」

「さあ？　……てか何か勘違いしてない？　私、衛をマジで恨んでるし、関係切れたって全然問題ないからね。みんながみんな、明確な目的持って生きてないし。復讐果たした結果、衛が私の前から消えるなら、その時は将来のことでも考えながら、普通に生きてくから……衛がいなくたって、私は当たり前に生きてける。当たり前じゃん」

ほとんど反射で言った。

「……ならいいけど」

その返事が、なんだろ。

まるで異物みたいに、耳に詰まった。

森《もり》崎《さき》衛《まもる》

ぼくが通う東高校は進学校ということもあって、夏休み中もほぼ毎日授業がある。

なんなら夏期講習という名目で大学受験に不要な科目の授業が省かれる分、時間割の密度は増してさえいるかもしれない。

けどまあ進学校である以上、早期に受験対策を始めるため、夏休みも授業を進めるのは当然のことだ。授業に熱心な先生たちにも頭が下がる。

そう思う一方で、夏休みという魅力的な響きからのこの仕打ちは、やはりだるく感じてしまうもので、中々にままならないものだ。

だからこそ、お盆休みのありがたみが身に染みるのだけど。


京子《きようこ》の部屋で映画を見た翌日。

「明日から、やーっとお盆休みが始まるけど、二人はなにか予定あるのぉ？」

夏期講習の昼休み中。校舎裏に征矢《せいや》と瑞希《みずき》、そしてぼくの三人で集まって昼ご飯を食べていたら、瑞希がそう口にした。

校舎や校庭を囲う石垣と、生い茂る松の木が作る日陰の下だ。日差しが強く、とてもじゃないけど日陰からは出られそうにない。瑞希の額には汗が滲《にじ》み、いくつもの玉を作っている。暑いのだろう。時折煩《わずら》わしそうにセーラーの胸元を扇《あお》ぎ、空気を送り込んでいた。

その小さな手には、購買で買ったらしい、食べかけの総菜パンが握られている。

「俺は普通に部活だな」

答えたのは征矢だ。

長身で瘦軀《そうく》な身体《からだ》を折りたたむようにして、石垣に背を預け、地面に座り込んでいる。

長い脚の間には、食べ終えたパンの袋や、紅茶の紙パックが置いてある。

白いカッターの首元が汗で湿り、わずかに透けていた。

「合宿があって、盆は三日間しか休ませてもらえねぇ」

なるほど。盆休みは十日ほどあるけど、剣道部はその間もみっちり練習をするらしい。

大変だな。

「でも、総体終わったばっかでしょ？　なのに合宿？」

「総体なんか個人も団体も予選負けだったから関係ねぇよ。玉竜旗《ぎょくりゅうき》も散々だったしな」

玉竜旗……？　剣道の大会か？

よくわからないけど、聞き返すほどでもない。「そうなんだ」と頷《うなず》いた。

「つーか、直近の公式戦が散々だったせいで顧問がブチギレて、強化合宿に参加させられることになったんだわ。二十数校くらい集まって、福岡で合同練習すんだけどよ」

「へえ。すごい規模だね。けど、せっかくの連休なのに、合宿かぁ…………サボれば？」

「アホかよ。部長が合宿サボれねぇだろ」

征矢が呆《あき》れ顔で言った。

「たしかに、それはそうか」

征矢は引退する三年生たちから指名され、こないだ剣道部の部長に就任した、らしい。

さもありなん。征矢《せいや》は人相やガラこそ悪いけど、面倒見がよく責任感も強い。一年の頃から団体戦レギュラーに選ばれていたから、実力も折り紙付きだ。適任だと思う。

「それに俺、来年は個人戦で全国行かねぇと殺すって顧問に言われてるんだよ」

「このご時世に物騒な。まあけど、そこまで言われてるのは、期待されてるからこそだよね」

「どぉだか……はあぁ。だりぃ」

征矢が気だるげに吐き捨てて、紅茶の紙パックを手に取った。ずっ、とストローをするそのしかめ面は、照れ隠しに見える。指摘したら怒られそうだから言わないけど。

「ふーん。鵜野《うの》くんは部活かぁ……かわいそう」

「あ？　誰が可哀想《かわいそう》だって？」

「まーちゃんはぁ？」

瑞希《みずき》が征矢を無視して、ぼくに水を向けてきた。

「お盆休み、何か予定あるぅ？」

小首を傾《かし》げた瑞希に、上目遣いに顔を覗《のぞ》き込まれる。ぼくも小柄な自覚はあるけど、瑞希はそんなぼくよりさらに小柄だ。必然的に、彼女と話すと下から覗き込まれる形になる。

昔は、瑞希のこの目線の低さが好きだった。

今はそうでもない。

「旅行にいってくるよ。明後日《あさって》から、一泊二日で」

「あ、そーなんだぁ……家族旅行ぉ？」

瑞希の質問に、征矢が「なわけねぇだろ」と小声で呟《つぶや》いた。ぼくも内心で頷《うなず》く。

うちが家族旅行に行くなんて、天地がひっくり返ってもありえない。

だけど、わざわざそれを瑞希に伝える必要もない。

「いや、京子《きょうこ》と二人きりで」

端的に告げると、瑞希が硬直した。

けれどすぐに、へらーっと表情を弛緩《しかん》させる。

「そっかぁ。京子さんと、順調なんだねぇ」

「まあ、おかげさまで」

言ってすぐに、なんだか煽《あお》ったようになってしまったな、と思った。

というのも、ぼくと京子が付き合うことになったのは、瑞希の存在によるところが大きい。

瑞希の「おかげ」でぼくと京子の今があるというのは、お世辞でも何でもない、事実だ。

けれど、瑞希は、ぼくと京子の関係が進展することを望んではいなかった。

そんな彼女に「おかげさまで」なんて言うのは……よくなかったな。

もちろん、なんとなく相槌《あいづち》代わりに口にしただけで、煽るつもりはなかったけど……

「よかったねぇ」

訂正した方がいいかな、と悩んでいたら、瑞希が気にしたふうでもなく笑った。

「ちなみに、京子《きょうこ》さんとは、どこまでいったのぉ？」

「え？　……なに、急に？」

つい半笑いで聞き返す。

瑞希《みずき》が「えー？」と上目遣いに見つめてくる。

「話の流れで、なんか気になっちゃってぇ……駄目ぇ？」

「別に駄目じゃないけど」

京子とどこまでいったか。

心情としては……軽々《けいけい》には言いたくない。言いたくないけど、今の瑞希との関係を考えると、むしろその辺りは包み隠さずに伝えた方がいいだろうな。

ぼくは瑞希を疑っている。

彼女がまだ、ぼくに執着しているかもしれないと。

聞いたところで本人は否定するだろう。

だけど時折、ふとした拍子に、粘着質な視線を感じることがあった。

なんてことない言葉の節々に、黒い何かが潜んでいるように聞こえることがある。

油断すると、ただの幼馴染《おさななじみ》とは思えない距離感で、ぼくに触れようとしてくる。

ただの自意識過剰だろうか？

己惚《うぬぼ》れているだけだろうか？

それならそれで別にいい。ぼくが間抜けで痛い勘違い野郎だったというだけの話だ。

けれど、もし杞憂《きゆう》じゃなかったら？　瑞希《みずき》が未《いま》だに、あの得体のしれない好意のような何かを隠し持っていて、ぼくに向けているとすれば？

それは……困る。

京子《きようこ》と付き合っている今となっては、瑞希からの好意は迷惑以外の何物でもない。

だから、京子と順調だとアピールして、自衛した方がいいと思ったのだ。神経質かもしれないけど、桂花《けいか》さんとの一件があった以上は、気にしすぎるくらいでちょうどいい。

「キスは、結構してるよ……」

「それは知ってる。ネットで二人のキス写真、拡散されてたもん」

瑞希の言葉に、苦い出来事を思い出す。京子と付き合いだした翌日、初めて彼女とキスしたところを、この学校の生徒に盗撮されて、ネットで拡散されたあの嫌な過去を。

あの出来事のせいで、散々な目にあった。

「キスより先は？」

「……まだしてない」

なんだか恥ずかしくなって、顔を逸《そ》らしながら小声で答えた。

「ふーん……じゃあ、旅行中に初めてする感じ？」

さすがに言葉に詰まる。

あまりに直截《ちょくせつ》的というか、オブラートも何もない聞き方は、暴力的ですらある。

というか、何でこんなに積極的なんだ？　セクハラじゃないか。

まあ、これも話しておいた方が、牽制《けんせい》にはなるだろうし、言ってもいいけど……

「一応、そういう雰囲気ではあるけど」

「そっかぁ。上手《うま》くいくといいねぇ」

当たり障りのない応援の言葉が少しだけ意外で、逸らしていた視線を戻す。

瑞希が不思議そうに「なに？」と尋ねてきた。

「あ、いや。そうだね、上手くいけばいいな」

愛想笑いを浮かべると、瑞希も笑い返してくれた。

んー……京子との仲を邪魔してやる、という意志は感じられない……

やっぱり杞憂か？　いや、だとしても、警戒を解くつもりはないけど。

「……のど乾いたな」

瑞希から視線を切って、お茶が入ったペットボトルに手を伸ばす。

ふと、視界に征矢《せいや》の姿が入った。

征矢は、険《けわ》しい表情で瑞希を見つめていた。

その表情がどういう意図によるものか、少しだけ気になった、けど……お茶を飲んでいる間に、瑞希が新しい話題を振ってきて、征矢の表情がほぐれ、機を逸してしまう。

どうしたんだろう……いや、まあ、いいか。

◆

少し長めのホームルームを経て、夏期講習の前半戦は無事に終了した。

ここから十日間の盆休みを挟んで、夏期講習の後半戦が始まる。

そして夏期講習が終われば形だけの始業式をして、二学期だ。

休み、少ないな。まあでも、部活動に参加していない分、他の生徒に比べたらいくらか休みは多いわけで、文句を言いすぎるのも情けない。これでも十分恵まれているはずだ。

とにかく、明日からの盆休みは京子《きょうこ》との旅行もあるし、思う存分羽を伸ばそう。

そんなことを考えながら学校を出て、ばあちゃんの家へ向かう。

今日から自分の家に帰る予定だったけど、その前に、午前中に帰省しただろう亜希子《あきこ》さんに挨拶《あいさつ》をしておこうと思ったのだ。

礼儀として、自分の口で、京子とお付き合いさせてもらっていますと伝えたい。京子がとっくに報告しているかもしれないけど、だとしてもそこは誠意というか、ケジメだ。

なにより従姉弟《いとこ》同士の交際を亜希子さんがどう捉《とら》えているか、直接聞いておきたかった。

自分の娘が親戚《しんせき》と付き合うとなれば、ネガティブな感情を抱かれる可能性は高い。

下手《へた》すれば反対されるかも。

そうなったら、頑張って説得しなければ……ばあちゃんの家が近づくにつれて、嫌な方に想像が傾いていって、緊張が高まっていく。胸が拍動していた。

家に到着する頃には、胃まで痛みだしていたけど……逃げるわけにはいかない。

よし、と意気込んで、玄関を開く。

靴を脱いで「ただいまー」と声をあげると、居間から「おかえりー」とか「おー」とか返事があった。この「おー」という酒焼けしたような特徴的な声は、亜希子さんのものだろう。

居間に入ると、果たして細身な中年女性がだらんとソファに腰かけていた。

やっぱり。よれたシャツにタイトなデニムをはいてくつろぐあの人は、亜希子さんだ。

京子とばあちゃんも座布団に座ってテーブルを囲んでいるし、三人で雑談していたのかもしれない。テーブルの上には、人数分のコーヒーと和菓子が載っていた。

「お久しぶりです」

「はいよー、お正月ぶりー、元気だった？」

亜希子さんがヘラッと笑う。

ダークブラウンに染めた髪をゴムで一つにまとめた彼女の顔は、少しくたびれていた。

京子に似たその顔は、加齢には抗《あらが》えていないが、同年代の女性と比べたら圧倒的に整っている。遺伝子が強すぎて、亜希子さんを見れば、京子の将来の姿がなんとなく想像がついた。

「おかげさまで元気にやってます。亜希子《あきこ》さんは……疲れてそうですね」

「そー。連休前にどうしても片づけとかなきゃいけない仕事があって、昨日は徹夜よぉ」

亜希子さんが、自分のすぐ横をポンポン手で叩いた。座れということだろう。

通学鞄《かばん》を床に置き、亜希子さんと目測一人分距離をあけてソファに座る。

「コーヒーいるわよね」と、ばあちゃんが立ち上がって、こっちの返事も聞かずに台所へ向かっていった。ありがとう、と背中に声をかけておく。

「一応、飛行機とバスでずっと寝てたんだけど、全ッ然駄目ね。疲れが取れないわ」

「もう若くないんだから、あんま無茶しないでよ。ぽっくり死んだらどうするの」

京子《きようこ》が茶化しつつも、気遣うように言った。

亜希子さんが「黙りな」と短く返す。

「可愛げのない子だねー。私が心配なら、素直にそう言えばいいのに」

「はー？　元トップアイドルの私に可愛げないって、お母さん正気？　嘘《うそ》だよね？」

わざとらしく驚いた京子に、亜希子さんが呆《あき》れたようにぼくを見た。

「ねえ。こんな子のどこがいいの？」

「えっ」

これは……そういうこと、だよな……？

京子を見やれば苦笑を返されて、確信に変わる。

娘から聞かされたのか、ネットで「例の画像」を見つけたのか、経緯はわからないけど、亜希子さんはすでにぼくらが付き合っていることを知っているらしい。

「あ、と……」

京子との交際を報告する覚悟は済ませておいたのに、挙動不審になる。

奇襲でもかけられた気分だ。くそ、うろたえるな。

後ろめたいことをしているわけじゃないんだから。

「こないだから、京子とお付き合いさせてもらってて……その」

自分が言いたいことを優先して、亜希子さんの質問に全然答えていない自覚はありつつも、とにかくまずは京子との交際を認めてもらわなければ、という思いが先走る。

「報告が遅くなって、ごめんなさい」

「かしこまりすぎじゃない？　なに？　これ結婚の挨拶《あいさつ》？」

「い、いや、違いますよ。ただ、ぼくらは従姉弟《いとこ》同士だから、亜希子さんは気にするんじゃないかと思って、しっかり報告をですね……」

「そりゃ従姉弟同士は気にするよ。でも衛《まもる》、京子が好きなんでしょ？」

「大好きです」

「即答か。なら仕方ないわ」

軽すぎる。

でも亜希子《あきこ》さんってそういう人だったな……

「お母さん、最近になってあのキス画像を見つけちゃったみたい」京子《きょうこ》が言った。「さっきから、衛《まもる》とのこと、根掘り葉掘り聞かれてるの。ほんとしつこくて」

あぁ……そっちだったか。なるほど、京子が言ったわけじゃないのか。

「で、この子のどこがいいの？」

亜希子さんが背もたれに預けていた体を起こして、体ごとぼくに向く。向けられる表情は柔らかい。だけど真正面からの視線には圧がある。品定めをされているのかもしれない……となると、素直に答えなければならないな。

京子を見ないようにしながら、考えをまとめる。

「優しいところが、特に好きです。いつも、ぼくを気にかけてくれてるし。でも優しいだけじゃなくて、芯もあるんですよね。自分をはっきり持っているところは、本当にカッコよくて、尊敬しています。あといつも身だしなみに気をつけていて、綺麗《きれい》だし……いや、見た目が良いのは、当たり前すぎて言うまでもないんですけど………っ」

「どこ、というと……」

なんとなく横を向くと、京子と目が合った。

京子はすました顔をしていた。でも赤い。顔全体、いや、耳まで真っ赤に染まっている。

なんだか、こっちまで恥ずかしくなってきた。

というか、なんでぼくは、彼女の目の前で、彼女の良い所を列挙させられているんだ……？

「……一つ一つ挙げていくとキリがないんで、これくらいで」

強引に切り上げた。

亜希子さんが「なるほど」と頷《うなず》いてソファにもたれ、京子を見る。

「ですって」

「いや、それを聞いて、私はどうしたらいいの」

「ついでに京子も衛のどこを好きか教えたげたら？」

「無理。ていうか、お母さんデリカシーなさすぎ」

「おばさんにそんなもんあるかい」

「それはそうか」

仲が良いな。うちとは大違いだ。

羨《うらや》ましい、なんてことは思わないけどね。

うちの母がこんなノリで接してきたら、きっと不気味なだけだろうし。

「そういえば、凛《りん》は元気？」

おもむろに、亜希子さんに聞かれた。

亜希子さんは、凛をよく気にかけている。

親戚《しんせき》で集まったら、必ずといっていいほど凛にかまっていたからな。当の凛はそれをありがた迷惑だと言い切っていたけど、でも亜希子《あきこ》さんを怒らせると怖いから、拒絶まではできず、凜《りん》にしては珍しくいいようにされていた。

「凜ですか……」

首に触れる。そこは先月、凜に襲われ、血が出るまで噛《か》みつかれた箇所だ。

傷はとうに癒えている。けれど変な塞《ふさ》がり方をしたようで、しこりのように、小さな凹凸が残っていた。もしかすれば、この痕《あと》は当分消えないかもしれない。

「……まあ、元気ですよ」

荒れたあの様を元気と表現していいかはわからないけど、少なくとも元気がないわけではない。むしろエネルギーは有り余っているだろう。

「そっか。ならいいんだけどねー」

「お母さんって、凜のこと妙に気に入ってるよね」

京子《きょうこ》が不思議そうに言った。

「んー？　いやあ、気に入ってるというか……」

亜希子さんが言い淀《よど》んだ。歯切れが悪い。

ややあって「だってさぁ」と続く。

「かわいそうじゃない。あの子」

「かわいそう？」

「生きづらそうなところが」

京子が「あぁ」と納得したように頷《うなず》いた。

たしかに、凛は生きづらそうな性格をしている。自縄自縛《じじようじばく》、というか。

「ま、とにかく元気ならいいの、元気なら」

亜希子さんの念押しに、曖昧《あいまい》に笑っておく。ここで「ご心配なく。ぼくの首を嚙み切るくらい元気です」と笑いながら言う勇気は、残念ながらなかった。

「お待たせしましたね。はい、コーヒー」

まるで会話が途切れるタイミングを見計らっていたかのように、台所から戻ってきたばあちゃんが、ぼくの前にマグカップを置いた。

「あ、ありがと」

「どういたしまして。ところであんた、今日は夕飯食べてくの？」

「えーと……お願いしていい？　家に帰っても、ぼくの分、ないだろうし」

夕飯をもらってから帰ったほうが、安全だろう。

「あらそう。じゃ、今から用意するわね。四人分の料理作るなんて久しぶりだわ」

ばあちゃんがそのまま台所へ戻っていく。

なんだか申し訳ないな。

「そんじゃ、衛《まもる》が帰るまで京子との話を聞かせてもらいましょうかね」

亜希子《あきこ》さんが、そんなことを言った。

一瞬、夕飯は辞退しておとなしく帰った方がよかったかな、と思ったけど、まあ仕方がない。

苦笑して、「お手柔らかにお願いします」と返した。

鵜野《うの》征矢《せいや》

顧問に急用が入って、今日は部活が室内トレーニングになった。

たまにこういうことがある。顧問は三年の学年主任で、学内で受験に関して何かトラブルがあった時、真っ先に駆り出されるからな。つっても武道場は使えるし、生徒だけでも練習させろよ、と思わないでもないが……まあいいわ。監督する教師がいねぇと駄目なんだろうな。

言いつけられたメニューは筋トレとランニングで、いたって普通のもんだった。

ただ、どうしたもんかね。部員たちが揃《そろ》って浮足立ってんだよな。そりゃ、明日から盆休みが始まるって日に練習が中止になりゃ、気も抜けるわ。

モチベが低いなか、だらだら筋トレしてもしゃーない。部長権限で休みにするか。

どうせすぐ強化合宿始まんだし、やる気がある奴《やつ》は帰って勝手に自主トレするだろうし。

そんなんで、家の方向が同じ部員たちとつるんで帰ることになった。

「あ」

そしたら校門出たとこで瑞希《みずき》と出くわした。

帰宅部の瑞希と下校時間がかぶることは滅多にないが、今日は俺らも部活がねぇからな。

「あっ、あー……おつかれさまでぇす……」

目が合って、瑞希があきらか面倒くさそうにそんな挨拶《あいさつ》をしてくる。

そんで何事もなかったかのように、早足で去っていった。

俺も同じ幼馴染《おさななじみ》なはずなんだが、衛《まもる》に対する態度とはずいぶん違ぇなぁ。わかりやすい奴。

……そういや、あいつに聞きたいことあったな。

部員らに「わりぃ、朝山《あさやま》に用があったわ。おつかれ」って断って、遠ざかっていく背中を追いかけた。

こうなると、むしろ出くわしてよかったかもしれん。

すぐ追いつき「待てよ」と呼び止めた。

「……なぁに？」

ぴくっと立ち止まり、ゆっくり振り返った瑞希は、死ぬほど嫌そうな顔をしてやがった。

おーおー。性格の悪さが顔に滲《にじ》み出てんなぁ。うけるわ。

「久しぶりに、一緒に帰ろうや」

「はあぁ？　……どーして私たちが二人きりで帰らなきゃいけないのぉ？」

「聞きたいことあんだよ。駄目か？」

瑞希《みずき》が開きかけていた口を閉ざした。

どこか投げやりだった表情が真顔になり、真剣みを帯びる。

「……まあ、いいけど。私も、聞きたいこと、あるし」

「あっ、そ」

歩き出した瑞希と歩調を合わせて肩を並べる。

瑞希がチビすぎて、つむじを見下ろせた。

「で？　私に何を聞きたいのぉ？」

「あー………お前、何考えてんの？」

ストレートに聞いた。

瑞希の眉間《みけん》にしわが寄る。

「どういうこと？」

「や、お前ってまだ衛《まもる》のこと好きだろ？」

「はい？」

「そのくせ、さっき……昼休みに衛と京子《きょうこ》さんの仲を応援するふりしてたから、マージで不気味で気色悪くてなぁ。何考えてあんなこと言ったのか、気になったんだわ」

瑞希の顔がさらに険《けわ》しくなった。

「……あのさ。鵜野《うの》くんって、ほんっとーに口が悪いよね」

「あぁ。よく言われる。けど、テメェの性格の悪さには勝てねぇよ」

「それが人にモノを尋ねる態度?」

「図星突いて怒らせちまったか？　悪ぃ。謝るから、何考えてんのか教えてくれよ」

煽《あお》りながら謝ると、瑞希が俺を見上げてきた。

「……いいけど」

いいのかよ。

「でも、私の質問にも答えてよぉ?」

「おう」と頷《うなず》くと、瑞希が軽く息を吸った。

「そもそも私、まーちゃんに片思いしてないよぉ?」

「……ほーう?」

「私がまーちゃんを好きだったこと、一度もないから。あくまで、まーちゃんが私を好きなだけ。私はまーちゃんを大切な幼馴染《おさななじみ》としか思ってない。そこは勘違いしてほしくないなぁ」

わけがわからん、と思ったが、しかし瑞希の主張はずっと一貫して「こう」だった。

要はこの女、「自分が衛から一方的に好かれている」状況を望んでるわけか。

だから本心がどうだろーが、衛への好意を表に出せない。

マジできしょいがブレねぇ奴《やつ》だな。

「なるほどなぁ……けど、あいつ今は京子さん一筋だぞ。そこんとこ……」

「え、違うよぉ？」

「は？」

「まーちゃんは、今はただ、間違えてるだけだからね」

瑞希《みずき》が諭すみたいに言った。

いや、は？

「……衛《まもる》が、なにを間違えてるって？」

「自分が、誰を好きなのか、そこを今勘違いしてるよね、まーちゃんは」

「いやいや……んなもん、間違えようがねぇだろ……」

「あのね、鵜野《うの》くん。まーちゃんが本当に好きなのは、今も変わらず私なんだよ」

瑞希の声に迷いは一切ない。

「……はあ。そう」

突っ込みを入れてやりたい衝動を必死に抑えて、とりあえず、聞いとく。

「だけど、こないだ、私とまーちゃん、ちょっとすれ違いがあったから……まーちゃんも、勘違いしちゃったんだよねぇ。私より、京子《きょうこ》さんを好きになっちゃった、って……」

「ほう」

「きょーこさんも、積極的にまーちゃんを騙《だま》してるし……ひどいよね。まーちゃんが可哀想《かわいそう》だよ。心の底じゃ、ずっと私を一番に想ってるのに……でも、そんなの勘違い、どーせ長続きしない。そしたらまーちゃん、勝手に私のところに帰ってくるもん」

なんか……馬鹿に常識でも言い聞かせるみてぇなノリで、淡々と語ってんなー……

俺とは認識してる世界が違いすぎる。意識だけ別次元に飛んでんのか、こいつ。怖いわ。

「だから、のんびり待つことにしたんだぁ。本当は、まーちゃんのこと、今すぐ助けてあげたいけど……しばらくは、私の言葉、素直に受け取ってもらえそうにないから」

「なーる……」

今の自分が衛に一切信用されていない自覚は、しっかりあんのか。

だってのに、衛から好かれている自信もある、と。

思考回路バグりすぎだろ。それか、現実逃避しているだけか。

ま、どっちでもいい。なんにしても瑞希の考えは把握できた。

結局、こいつは現実から目を逸《そ》らしているだけだ。

あほくさ。警戒して損した。

しばらく衛にちょっかいかけることもなさそうだし、もう放置でいいな。

こんな馬鹿なこと言ってるようじゃ、こいつにチャンスは二度と巡ってこねぇ。

「理解できたわ」

「そっかぁ。よかったぁ…………あ、これ、まーちゃんには内緒だからねぇ？」

「わぁってるって。安心しろ。衛には言わねぇよ」

つーか言えねぇ。

こんな支離滅裂なこと伝えたって、衛《まもる》を困らせるだけだ。

「約束だよぉ？　それじゃ、次は私が質問するね」

「おーう」

「鵜野《うの》くんって、まーちゃんのこと好きなの？」

「は？」

見下ろすと、視線がかち合った。真顔だ。

ふざけているわけじゃなさそうだ。

しかし、好きかって……

「そりゃ、嫌いな奴《やつ》と十年以上ダチやらねぇだろ」

意図を読み違えている気がしたが、勘違いだろうと高を括《くく》り、常識的な解釈で答えた。

瑞希《みずき》が目を細くする。

「そーじゃなくてぇ。鵜野くんは、まーちゃんのこと、恋愛的に好きなの？」

……あぁ。やっぱそっちか。

友情とかじゃなくて、恋愛的な「好き」ね……はいはい……

「寝ぼけてんのか？」

呆《あき》れすぎて、額に手をやりそうになった。

や、大げさなリアクションはだせぇ気がして堪《こら》えたが。

瑞希が口をへの字に曲げる。

「寝ぼけてない」

「じゃ、ただイカれてるだけか」

じゃないと、こんなイミフな疑問が出てくるわけねぇし。

「俺が衛を恋愛的に好きとか、ありえねぇだろ。鳥肌立ったわ」

「嘘《うそ》だよ」瑞希が語気を強めた。「馬鹿にしたりしないから、本心を教えて」

「嘘じゃねぇよ。お前、俺をそんな目で見てたんか？」

「だって鵜野くん、いっつもまーちゃんのこと気にかけてるもん」

食い下がるな。鬱陶《うっとう》しい。

「ダチを心配して何が悪い。つーか、いつもは気にかけてねぇよ。ストーカーかよ」

「いーや、いつもだね。鵜野くん、過保護すぎだよぉ。距離感もおかしいし」

「誰が過保護だ。距離感もおかしくねぇわ。お前マジで夢遊病か？」

「でもぉ！」

「んだよ」

「今だって、嫌いな私と一緒に帰ってまで、話を聞き出してきたじゃん！　これも、まーちゃんのためだよね？　私がまーちゃんに手を出さないか確認したんでしょぉ？」

「偶然遭遇したから、ついでに聞いただけだろ……」

「私、ずーっと怪しんでたよ。鵜野《うの》くん、まーちゃんのことが好きなのかもって。昔から私の邪魔ばっかりしてたのも、それが理由なんだ」

「ダチがテメェみてぇな人格破綻《はたん》したクズに惚《ほ》れたら、普通の感性した人間なら止めるだろ。BL読みすぎて、パーになったんか？」

呆《あき》れて声に力が入らん。

まさかこんな間抜けなことを聞かれるとは思わなかった。

「クズじゃないし、BLなんか読んだことない」

瑞希《みずき》が一瞬声を詰まらせてから、否定してきた。

わかりやすいやつ。この反応は絶対読んでるだろ。隠れ腐女子かよ。

どーでもいいが。

「そうかよ。あのな。もし俺が衛《まもる》を好きなら、そもそも京子《きょうこ》さんとの仲を応援してねぇだろ。お前の邪魔はするけど、京子さんは応援してんの。そこんとこはどう考えてんだよ。あ？」

瑞希が「それは……」と口ごもった。

見せつけるようにため息をついてやる。

「……言い返せねぇだろ？　お前、少しは考えてものを言い……」

「……わかった。まーちゃんのことは好きだけど、叶わない恋だって諦《あきら》めちゃって、健気《けなげ》にまーちゃんの恋愛に協力してあげてるんだよね?」

「粘ってるんじゃねぇよ。キショイこと言うな。めんどくせぇ。あのな、俺は衛に限らず、男をそういう目で見れねぇんだよ。今まで俺が付き合ってきたのも、全員女だっただろうが」

「う……」

「冷静になれ。俺は女が好きで、衛は男だ」

「うー……」

「お前が馬鹿じゃねぇなら、これ以上は言わなくてもわかるな?」

ゆっくり、はっきり言ってやると、瑞希が言葉を呑《の》み込んだ。

未練がましく顔は歪《ゆが》んでいる。だが言い返してはこない。

しばらく無言で圧をかけたら、瑞希が「はあぁ」とため息をついた。

「……私の勘違いでしたぁ。ごめんなさぁい」

そんで渋々って調子を隠しもせずに、形だけ、頭を下げた。

十分だ。納得してなかろうが、うるせぇ口を黙らせられたならな。

「そりゃよかった。妄想みてぇな誤解が解けたようで」

嫌味を込めて言ってやったら、瑞希の口がぴくっと震えた。

「……言い方に一々棘《とげ》があるよね。やっぱり私、鵜野くんのこと嫌いかもぉ」

嫌い、ねぇ。先月、仲直りしたいと殊勝《しゆしよう》にしていた人間の言うことじゃねぇな。ま、こいつが俺をだしにして衛《まもる》に近づいたのは、わかりきってたことだ。今更驚きもしねぇ。
「安心しろ。俺もお前のことは心底嫌いだよ」
さらっと言い返してやる。
瑞希《みずき》が嫌悪の滲《にじ》んだ目を向けてきた。が、何かを言い返してくることはなかった。
そのまま解散するでもなく、並んで黙々と歩く……いや、空気悪すぎて逆に笑うわ。
つっても、俺らの距離感ってここ数年ずっとこんな感じだったよな。
今更、特別に何か思うこともねぇか。
別にこいつと仲直りしたいわけでもねぇしな。

結局そのまま一言も言葉を交わさずに瑞希と別れた。
お互い嫌い合ってんだから、雑談なんかするわけねぇわな。
うら寂しい住宅街を一人ぶらぶら歩く。
ちょい遠くに俺ん家が……マンションが見える。もう五分もかからずに着くだろう。
「ふー……」
肩が凝《こ》った気がして、頭を横に倒して首の筋を伸ばした。
手で首を押さえながら、ぼんやり、瑞希とのやり取りを思い返す。
衛を恋愛的に好きか、ねぇ。

まさか瑞希以外の奴《やつ》からもそう思われてねぇだろな。心配になってきた。

もちろん、言うまでもなく、俺が衛を恋愛的に意識したことは一度もない。

マジで神に誓える。俺は異性愛者だ。

ただ……さっき、瑞希に敢《あ》えて言わなかったことも、あるっちゃある。

恋愛的に好きじゃないのは、間違いねぇが……

スマホを取り出してツイッターを開き、フォロー一覧から「まるまる」ってユーザーを選ぶ。

それは、二か月前から更新が途絶えた、衛のアカウントだ。

ｂｉｏには「女装男子」と一言記されている。

……女装男子。事実、「まるまる」のメディア欄には女装した……女装させられた衛の画像が山ほど投稿されている。

そのどれもが、異様なまでに似合っていた。

正体を知っている俺でさえ、美少女にしか見えねぇレベルだ。

まあ、素材が引くほど整ってるからな。しかも中性的だ。そら女装も似合うわ。

正直、女装した衛は、俺には元トップアイドルの京子《きょうこ》さんより美人に見える。

つっても顔立ちの方向性が全然違ぇから単純な比較はできねぇし、あのレベルになると、もはや好みの問題になってくるから、どっちが上とかないが。

けど少なくとも俺は、衛が完璧《かんぺき》に近いと思っている。

俺にとって、女の外見の理想像は、女装した衛《まもる》だ。

……くそ。キモすぎるだろ。

しかもこれ、何が最悪かって、衛本人が女装を心底嫌ってるところだ。

衛に女装は死ぬほど似合うが、あいつ自身には女装趣味がない。実姉……凛《りん》さんに無理強いされていただけだ。むしろ自分の中性的な姿を誰より嫌っていた。

だから凛さんから解放された今は、アカウントの更新も途絶えちまった。

なのに俺は、衛のそういった心情を知った上で、その女装姿を綺麗《きれい》だと感じてしまった。

つーか今もそう思っている。最悪すぎるだろ。

おかげで衛の女装写真を見るたび、罪悪感がやばい。

瑞希《みずき》に言われた、俺が衛に献身的だっていうのは……その罪悪感からきたものだ。

つまり、親友によこしまな感想を抱いてしまうことへの罪滅ぼし、っつーか……

ははっ。きっしょ。

けど恋愛感情はマジでねぇんだよなぁ。

不思議なもんだけど、無意識に理性が働いたりしてんのかねぇ。

だからって俺のキモさは消えねぇが、少なくともその事実には、安堵《あんど》する。

ため息ついて、スマホをしまった。

微妙な自己嫌悪感に苛《さいな》まれながらしばらく歩けば、マンションに着いた。

エントランスに入る。

「お」

エレベーターの操作盤の前に、見覚えがある姿があった。

髪を背中までたっぷり伸ばした、ブレザーを着た線の細い女。

「凛さん……？」

思わず声をかけると、その女が振り返った。

雪や氷を思わせる繊細な顔は、予想通り衛の姉の森崎《もりさき》凛だった。

「……あぁ。久しぶり」

声に温度がない。相変わらず目付き鋭いな。普通に怖ぇよ。いつも思うが、すげー美人なのに、表情や仕草のせいで近寄りづらいオーラが出てて、台無しだ。もったいねぇなぁ。ま、近寄りづらさは俺もよく指摘されるから、他人にとやかく言えねえわ。

「お久しぶりす」

軽く頭を下げたら、凛さんも小さく頭を下げてくれた。無愛想だけど、話しかけたら反応はしてくれるんだよな。そうだ。衛さえ絡んでなけりゃ、わりと普通なんだが……

つっても、さすがに二人きりは居心地悪ぃけど。

エレベーターは……電光板を見ると、上の階に向かっていやがる。

降りてくるまでまだ少しかかりそうだ。

「……いつもこの時間に帰ってくるんすか？」

無言に耐えかねて話題を振った。

「ん」

「……じゃ、部活、してないんすね」

「ん」

返事そっけな。会話する気分じゃないんか？

なら話を振ってもうぜぇだけか。空気読んで黙っとこ…………あー？

いや、この人、隈《くま》やばくねぇか？

「寝てないんすか？　すげぇ目の下黒いんすけど」

つい、自分の目の下を指差しながら、聞いた。

マジで墨でも垂らしたんかってくらい濃い。

凛《りん》さんが目の下に触れる。

「……あぁ。ここのところ、全然眠れてないな」

「どうしたんすか？」

「衛《まもる》が帰ってこないのよ。安眠できるわけがない」

別に大声ってわけでもねぇのに、声に迫力がある。迫真？　なんかそんな感じ。

地雷踏んだか？　なんて返しゃいいんだ、これ。

「あー……そういやあいつ、ここんとこ、ばあさん家に泊まってますね」

無難に流すと、凛さんが俺を見上げてきた。

下側が黒く縁取りされた目で、じぃっと見つめられる。

「え、なんすか?」

「衛は元気?」

「あぁ。元気すよ。超元気」

彼女とも順調で仲良くやってます……とは言えねぇよなぁ。

「あ、そ。元気なんだ。へぇ……」

声に抑揚がねぇ上に表情が動かねぇから、何を考えてんのかさっぱりわからん。怖。

凛さんがエレベーターの階層表示をちらっと確認して、俺を見た。

「鵜野《うの》くん」

「あい」

凛さんが真上を指差した。

つられて見上げる。ただの天井だ。照明以外別になんもねぇ。

「衛が、マンションの屋上から飛び降り自殺しようとしたって、本当?」

うお。予想外な質問だ。

つーかなんで凛さんがそれを知ってんだ?　誰に聞いた?　少なくとも衛じゃねぇだろ。あいつが凛《りん》さんにそんな弱みを晒《さら》すわけねぇし、そもそも本気で飛び降りる気もなかったはず。てなると、衛《まもる》の飛び降りを未《いま》だに信じてる京子《きょうこ》さん以外に候補がいねぇ……が、あの人も他人にそんなこと軽々と言いふらす人じゃねぇ。あと京子さんと凛さん、ガチで仲悪ぃし。

じゃあ誰だよ。さっぱりわからん。

状況わからん以上、下手《へた》なこと言えねぇ。知らんふりしとくのが無難か？

「飛び降り？　……なんすか、それ」

「やっぱりか」

適当に流したが、凛さんは俺の反応から、確証を得たみたいに呟《つぶや》いた。

待て待て待て。

「やっぱりって、え、何？　俺は何も……」

「突拍子もないこと聞いたのに、反応が淡泊すぎる。不自然」

「あ？」

「知ってたから、驚かなかったんでしょ。演技も棒だし。ねえ、隠す気ある？」

いやいやいや！　んなもん、ほぼほぼ当て推量じゃねぇか！

が、図星は図星で間違いなく、誤魔化《ごまか》しの言葉が出てこねぇ。

演技が棒、ってのも地味にショックだった。

言い返さない俺に、凛さんが苦い顔でため息をついた。

「最悪……」

空気が抜けるような声だ。

元々色白な人だが、そこを加味しても顔色が悪すぎる。隈《くま》と相まってやつれて見えた。

「……大丈夫すか?」

「全然大丈夫だけど」

そんな顔しておいてなにが大丈夫なんだ、なんて思ったが、深入りするほど仲良くねぇし。

「そっすか」って引き下がる。

エレベーターが降りてきて扉が開いた。先に凛さんが乗り込む。続いて俺。

凛さんは十階、俺は八階のボタンをそれぞれ押して、扉が閉まる。

「………私のせいだと思う?」

籠《かご》が上がってくなか、奥側の壁によりかかった凛さんが言った。

声の小ささは後ろめたさの表れかね。衛の飛び降りの原因に、心当たりでもあるんだろうな。

「あー……」

操作盤の前に立ち、階層表示を見ながら答える。

「どうすかね。引き金になったのは、衛が瑞希《みずき》に失恋したことなんで」

あの日、衛は瑞希が当時の彼氏とキスしているところを目撃して、ショックを受けた。で、その沈んだ気分を晴らすために自傷行為じみた飛び降りの真似《まね》事に手を染めた、ってのがおおよその流れだったはずだ。つまり直接の原因は瑞希《みずき》で間違いない。が、日頃から凛《りん》さんに強く当たられて、メンタル消耗していたからこそ、そんな奇行に走ったってのは、絶対にある。

口が裂けても「凛さんは無関係すよ」とは言えねぇ。

けどそれはともかく、あくまで衛《まもる》は飛び降りる「フリ」をしただけで、死ぬ気はなかった。

だから、明らかに凹《へこ》んでいる凛さんに、「あんたも悪い」とまで言うつもりはない。

「引き金」と、凛さんが確かめるように呟《つぶや》いた。

「それってつまり、色々なモノが溜《た》まった末に、衛のキャパが爆発した、ってこと?」

「まあ……そうすね。けど、そもそも衛に死ぬ気はなかったらしいすよ」

「あ、そ…………はあ。女装も、衛を追い詰めていたのかしらね……」

凛さん、俺の言葉、聞きたいとこしか聞いてねぇだろ。

まあいいわ。

「……そりゃあストレスだったでしょうよ。似合ってたけど、衛は女装を嫌ってたし」

言い終えると同時に扉が開いた。八階。俺ん家の階だ。

「じゃ」と、頭を下げて、出て……なんとなく振り返る。

凛さんと目が合った。

顔が蒼白で、投げやりな目をして……あぁ、くそ。

なんだよその顔は。自業自得なくせに、厚かましく一丁前に傷ついていやがる。

あんたがどれだけ衛を傷つけたと……いや、まあ、今それはどうでもいいが。

一瞬迷って、閉まりかけていた扉に手をかけた。センサーが反応して、扉が開く。

凛さんが軽く目を見開いた。

「……なによ」

「後悔してんなら、今からでも、衛の話を聞いてやってくださいよ」

「は？」

「だから、怒らず、落ち着いて、衛の言い分を……」

「余計なお世話なんだけど」

凛さんが胡乱《うろん》な顔で言った。ははは。普通にキレてやがるわ。

ま、そりゃ、赤の他人にいきなり家のこと口出しされたらムカつくわな。

「すんませんね、余計なこと言って。けど衛のやつ、凛さんのことでずーっと悩んでたから、こっちもマジでいたたまれなくて。もしも凛さんが、少しでも衛との関係を良くしたいって思ってんなら、自分の気持ちを押し付けるだけじゃなくて、ほんのちょっとだけでも歩み寄ってやってくれませんかねぇ」

凛さんに睨《にら》みつけられながら、扉から手を離す。

おぉ怖。毎日あんな目を向けられていた衛には、本気で同情するわ。

「じゃ、おつかれさます」

扉が自動で閉まり、静かな機械音と一緒に籠《かご》が上がっていく……はあ。

「しんど……」

軽率に無神経なことを言っちまったか？

けど俺も、これまで衛《まもる》から数えきれねぇくらい凛《りん》さんの愚痴《ぐち》を聞かされてきたんだ。

これくらい迷惑料みてぇなもんだろ。

……にしても、衛もいい迷惑だな。

凛さんといい、瑞希《みずき》といい、やべぇ女にばっか執着されてやがる。

なんて可哀想《かわいそう》なんだ……いや、その分、あの京子《きようこ》さんと付き合えてるんだから、差し引きはチャラかもしんねぇけど。

ま、だとしても、俺は死んでも衛にはなりたかねぇけどな。

二話

宵《よい》ケ《が》峰《みね》京《きょう》子《こ》

　お風呂から上がって頭にタオルをターバンみたいにぐるぐる巻いて、あと保湿まで済ませてから居間にいくと、お母さんがソファに座って缶チューハイをあおりながらテレビを見てた。

　だらしな。お母さんって結構な呑兵衛《のんべえ》だから、大体毎晩お酒を呑《の》んでる。一緒に暮らしてた頃からそこは変わってなくて、だからお酒飲んでる姿を見ると逆に安心しちゃうかも。

　いやもちろん心配は心配ですけど。でも今のとこ健康は大丈夫そうだから、定期的に健康診断受けたり体を労《いたわ》ってくれるなら、うるさく口出しするつもりはない。

　居間と直接つながってる台所の冷蔵庫から麦茶を出して、コップに注ぐ。いつの間にか冷蔵庫が数本の缶チューハイに侵略されてた。もお。ほんと準備がいいんだから。

　ちょっと呆《あき》れながら麦茶を飲む。火照《ほて》った体に冷たい液体が染みわたって、生き返る。喉《のど》を鳴らして飲みきって、シンクにコップを置いて、あれ？　と気づいた。

　おばあちゃんいなくない？

「おばあちゃんは？」

お母さんが振り返った。顔赤。よく見たらもう一本空けてる。

この呑兵衛め。

「あんたが風呂に入ってすぐに寝たけどー？」

「あー、そっか。もう十時だっけ？」

蛇口からお湯を出してコップを洗う。他の洗い物はない。

おばあちゃんが全部やってくれたっぽいな。感謝。

「そーね。ていうか、寝るの早すぎでしょ。あの人も年ねー」

「そんなこと言って。お母さんもあと二十年すればそうなるんだよ」

「やかましい。もう十分年取ったってのに、ここからさらに年寄りになるなんて、いやんなる。

あんたもおばさんまで一瞬よ、一瞬。いつまでも肌が水をはじくなんて思いなさんな」

洗い物用のマットにコップを置く。

「おばさんって、若い女には必ずそれ言うよね。なんか、そういうルールでもあるの？」

「まるで他人事《ひとごと》だけど、二十歳《はたち》すぎてからの加齢は本当に秒だから……ってそうだ。あんた、
もう二十歳じゃん。お酒飲めるでしょ？　やだー、ちょっと付き合いなさいよ！」

お母さんが急にテンションを上げてケタケタ笑った。

お酒を飲んだ時のお母さんはやたら笑う。笑い上戸ってやつかかな？

「酔っぱらいのウザ絡み、だるいんだけど」

「冷蔵庫から好きなの取って飲みなさい。成人祝いよ」

「もっとちゃんとしたものくれない？」

「はいはい、連休中に買いに行きましょ。あ、あと私のも一本取って。どれでもいいから」

「まだ飲むの？」

冷蔵庫を開ける。どの缶チューハイもジュースっぽいデザインで、飲みやすそう。

お酒なんて飲んだことないからよくわかんないけど。

自分用にパイン味を、お母さんにはホワイトサワーを持ってく。

お母さんのすぐ隣に座って、プルタブ引いて「乾杯」って缶を突き合わせた。

飲み口を見つめて、口にちょびっと含む……わ、甘。鼻を抜ける刺激がちょっとあるけど、そこ除けばほとんどジュースだな、これ。想像以上に飲みやすい。

「あんた、お酒は結構いける口？」

お母さんがおつまみのするめをしゃぶりながら聞いてきた。

仕草が一々おっさんくさくてなんかいやになるな。

こうなったら女として終わりって感じだ。気をつけなきゃ。

「さあ？　飲酒はこれが初めてだし、わかんないな。二十歳《はたち》になったばっかかだもん」

「へー。芸能界って、みーんな未成年飲酒してんじゃないの？」

「どんなイメージ？　アイドルがそんなのすっぱ抜かれたら、冗談じゃすまないし、私はわきまえてたから。これでも死ぬ気でアイドルやってたんだからね」

　言いながら、芸能界を追放された元メンバーたちを思い出した。あいつらは未成年の頃から普通に飲んでたなー、ほんと最後までノリが合わなかったわ。くそ。

「てか、飲み会に顔出す暇すらなかったし。マジ多忙だったから」

「あー。あんた、じいさんの葬式すら来られなかったくらいだもんね」

「そうだよ。ツアー中に急に死んじゃうんだもん。私もお葬式で最後のお別れしたかったのに……おかげで、未《いま》だに死んだって実感わいてないとこある。最悪だよ」

「でも、毎日仏壇に線香あげてんでしょ？」

「一応ね」

「すごいじゃない。それでじゅーぶんよー、じいさんも地獄だか天国だかで喜んでるわ」

　お母さんが「けけ」って変な調子で笑って、缶を呷《あお》った。

　いや大丈夫か？　さっきからすっげー飲んでるんですけど。

「ちょっ……ペース早くない？　かなり酔ってるんじゃないの？」

「チューハイなんかで酔うかい。それに京子《きょうこ》と飲めて嬉《うれ》しいんだもん」

「完全に酔っぱらってるわ。録画しといたげようか？」

「だってさぁ……あんた、自分で稼ぎだしたらすーぐに一人暮らし始めて、そんでお互い仕事も忙しくて、しかもアイドル辞めたと思ったら即刻佐賀に帰るから、ここ数年、じっくり話せた記憶がないんだよ」

お母さんの愚痴《ぐち》を聞きつつ、テーブルの上のするめを勝手に摘《つま》む。

お腹《なか》は全然空いてないのに、口が寂しくてついつい食べちゃった。

これってお酒のせい？　なるほどね。こりゃ酒飲んでたら太るわ。

「でも連絡はこまめにとってたじゃん。年に二、三回は直接会ってたし」

「こっちはもっと顔見せてほしいのよ。親不孝者ねー」

「えー……ごめん」

「元気に過ごせてたんなら、いいけどぉー……あ、こっちでの生活はどう？　慣れた？」

「うん。元々住んでた場所だし、すぐ慣れたよ。おばあちゃんも優しいし」

「でも、なんもなくて不便じゃない？　あんたまだ若いんだし、田舎《いなか》じゃ物足りないでしょ」

「そりゃ東京と比べたらなんもないけど、なんもないほど勉強に身が入るし、逆にちょうどいいかな。それに、どうしても遊びたくなったら、福岡行けばいいだけだから」

「なるほどねぇ。衛《まもる》もいるし、こっちの方があんたには合ってたか」

あー……

「だね」

衛はマジでどうでもいいんだけど、だからってほんとのことは言えないから、合わせとく。

それに、衛のそばにいた方が復讐《ふくしゅう》やりやすいのは、実際そう。

「はあ……あんたが、衛と付き合うなんてねぇ……」

お母さんがしみじみと言った。

「ねえ。昔から衛にべったりだったけど、あの頃から異性として意識してたの？」

面倒くさいモードに入ってきたな。

「……そうですけど？　え、なに？　駄目？」

「いーや。ただ、年下が好きだったんだーって……あぁ、でも、複雑は複雑よねー」

「複雑？　どういうこと？」

「んー……」

お母さんが少しとろんとした目で、するめをがじがじ嚙《か》む。

「ていうか、あんた衛のこと、どれくらい本気？」

さすが酔っぱらい。

興味がなくなった話は勝手に流して、自分が好きなように喋《しゃべ》る。

「どれくらい？」

何度も言ってるけど、衛と付き合ってるのはあくまで復讐のためで、つまり手段だ。

好きだからとか、そんな素直な理由じゃない……まあそりゃ、演技といっても二か月間彼氏彼女をやってきたわけだし、ちょっとは情もわいてきたけど。

元は大好きだったから、焼け木杭《ぼっくい》には火がつきやすい、っていうか。

ムカつくけど、それは認める。認めるしかない。

だからって、恨みが消えたりは、一切ないけど。

もし仮に、衛《まもる》をまた好きになったとしても、あいつに傷つけられた過去は、消えない。

だから何があっても復讐《ふくしゅう》はやり遂げる。そこは曲げられない。

曲げると私が私じゃなくなる。

そんなの、死んだのと一緒だ。

「普通に本気だけど」

けど言えないわな。桂花《けいか》以外には言えない。

特に親なんて絶対無理。馬鹿だって思われる。

「あ、そう。なら色々考えてたりすんの？」

お母さんがくいっとチューハイを呷《あお》った。

「色々って、なにを？」

「人生設計。どれくらいまでには結婚したいとか」

「は？　結婚？　私が衛と？」

お母さんが無言でうなずいた。

「いやいや……さすがにないわ。急すぎる」

「そう？　大人が本気でお付き合いしてるんなら、少しくらい結婚のことも考えるでしょ」

あ、そか。大人は結婚を視野に男と付き合うケースが多いか。

でも私まだ二十歳《はたち》だ。今の二十歳で真剣に結婚まで考えて彼氏作る人、そんないなくない？

二十歳なんて大半大学生だし。お母さんの頃と今じゃ、時代が違う。

「本気は本気だけど、そこまでは考えてないかな」

「へー。じゃあ、お遊びの範囲なんだ」

「……じゃなくて。私はこれから大学に入り直すし、衛もまだ高校生だし、お互い働くまで五年以上かかるんだよ。だから、そもそも結婚に現実味がないんだよ」

「あーはいはい、なるほどねー……別々の大学に入って、すぐに別れる可能性もあるしね」

は？

……え、待って。なんか今、実の母にとんでもないこと言われたんですけど。

進学を機に彼氏と別れるかもねって、普通、娘にそんなこと言う？

あっあ、いやっ……そりゃ別れますよ？

だって衛と付き合ってるのは、衛をフるためだし、だから別れそうっていうのは間違ってないけど、でも第三者にそんなこと言われるのはなんか癪《しゃく》っていうか。

大体、本人の前で、普通そんなこと言わなくない？

酔ったおばさんのデリカシーのなさ、やばすぎない？

「好き勝手言うじゃん」

つい言い返した。

お母さんが「お」って口を半開きにする。

「怒った？」

「怒ってない。けど、学生で付き合って、そのまま結婚までいく人たちもいるよね？」

「あーね……じゃ、可能性はある認識なわけだ。それなら、一つ言っておきたいんだけど」

「なに」

「結婚は、本人だけじゃなくて、親も絡むでしょ。私も、森崎《もりさき》の二人も」

「そうだね」

「……森崎家は大変よー。特に父親の方が」

叔父《おじ》さんが、大変？

ふわっと彼の顔が頭によぎった。

少し吊《つ》り気味な、娘の凛《りん》と瓜《うり》二つの鋭い目が印象的な、あの顔。

そこに理屈っぽい口ぶりとかキビキビした動きが合わさって、神経質な印象が強い。

でも実際どうなんだろ。叔父さんとは顔を合わせても挨拶《あいさつ》しかしないし、深い人となりは全然わかんないんだよねー。ただ、衛《まもる》から良い話を聞いたことがほとんどないから、面倒な人だよっていわれたら、すんなり信じられる。親戚《しんせき》っていっても、その程度の関係。

「叔父さん、面倒臭いんだ」

「そーよ。色々拗《こじ》らせてんのよ……外面しっかり作ってるから、表面的に付き合うだけなら全然いいんだけど、義父ってなったら多分面倒」

「マジか」

「いつか結婚を考えることがあれば、そういう本人以外の要素も含めて判断しなさいよ。離婚しない限り、一生付いて回ることなんだから」

酔っぱらいのウザ絡みか？　って思ってたけど、結構本気でアドバイスしてくれてるな。

ちょっとウザいけどありがたい。

それにしても、やっぱり気が早すぎると思うけど。

結婚か。

正直今は復讐《ふくしゅう》のことだけで精いっぱい。しかもその復讐を終えたら衛は捨てる予定だ。けどなー、心底惚《ほ》れさせてフるから、あいつ、みっともなく追いすがってくるだろーなー。

桂花《けいか》にも話したけど、もちろんそうなったらさらにフってやるし、むしろその追い打ちが本番まであるけど、それでも衛がめげなかった場合、その後も永久にフり続けるか？　って問題がでてくる。

あれから少し考えたんだけど……満足いく復讐を遂げた後なら、応えてやってもいいか……みたいに、寛大な気持ちにならないとも限らないな、とか、思ったりもしてる。

私も鬼じゃない。「二度と他の女に目移りしません、一生京子《きょうこ》だけを愛します！」とまで誓われたら、さすがに、ね？　こっちもやぶさかじゃ……あーっ、いやっ！

やぶさかではある！　あるけど、でも仕方ないな、って！

あーいや、けど、けどなあっ……！

んんんんっ……！

とりあえず保留！

「……ちなみに、叔父《おじ》さんってどう面倒なの？」

衛《まもる》以外のことも考えろって言われたばっかだし、詳しく聞いとくか。

お母さんがするめを奥歯でもごもご噛《か》む。

「あいつはコンプレックスが強すぎる。そこが本当に面倒」

「コンプレックス？」

「そ。話したっけ？　私とアレが大学の同期で、たまにつるんでたって」

あぁ。いつだったたか、聞いたことあったたから「うん」て頷《うなず》く。

「アレが雅美《まさみ》と出会ったのも、私繋《つな》がりみたいなもんで」

雅美は衛のお母さん、つまり私にとっての叔母《おば》さんだ。

「それも聞いたかも」

お母さんが言った通り、叔母さんと叔父さんは大学時代にお母さんを通じて知り合ったみたいで、これも結構前に聞いた覚えがある。

「でぇー……それはともかく、私もアレも薬学部なんだけど、あいつの実家って病院なのよ。父親が医者で、それなりに大きい病院の院長やってるのよねー……」

お母さんがソファにもたれて、天井を見上げた。

首に刻まれた何本かの長い皺《しわ》が伸びて、ひび割れみたいな肌が露《あら》わになる。

首って如実に年齢が出るよね。顔は誤魔化《ごまか》せても首は難しい。怖いなー。

「だからあいつ、本当は医者になって、実家を継ぎたかったのね」

「へー……でも、今は製薬会社の営業やってるよね？」

「そりゃ受験に失敗したからよ。薬学部に入ってる時点で察せるでしょ」

「あー……」

「親からも期待されてたみたいなんだけどねー。でも派閥だかの関係で、医学部はどっかの難関一本しか許されなくて、まあ落ちちゃって。面子《メンツ》を保つために浪人もさせてもらえなかったから、滑り止めに受けたうちの薬学部に入学して、せこせこ仮面浪人やってたのよ」

「仮面浪人……？」

「大学に通いながら、本命の大学受験をこっそり続けること」

「なるほど」

「けど結局、あいつの弟が先にその医学部に合格しちゃったから、実家は弟くんが継ぐことになってね。で、親に見限られて、そのままうちの大学を卒業するしかなくなったと」

そうなんだ、って相槌《あいづち》入れて、お酒を飲んだ。

飲み始めたばっかなのに、もう半分くらいしかない。ほんとグビグビいける。危険だ。

「アレは自尊心がかなり強めだから、相当凹《へこ》んでねぇ……元々よくなかった性根が、ぐにゃぐにゃにねじ曲がって……果たせなかった夢を、子供に押し付けるようになった」

「子供に？　どういうこと？」

「凛《りん》を医者にして、自分の代わりに実家の病院を継がせる、って息巻いてんのよ。弟から病院を取り戻すって。可哀想《かわいそう》でしょ？　あの子、父親の操り人形よ。本人は全然医者に興味ないのに……まあ、だからこそ、あの家でお姫様みたいに大切にされてるんだけど」

あ、って納得いった。ほんと天啓みたいに、すとんと腑《ふ》に落ちる。

そっか。衛《まもる》のご両親が、凛ばっか贔屓《ひいき》するのは、そういう理由があったのか……

言っちゃ悪いけど、凛の方が賢くて望みがあるから、叔父《おじ》さんは凛を優先してるのか。

なるほどなー……ふーん……

「本当は衛も医者にしたかったみたいだけど、それはもう諦《あきら》めたみたいね」

「高校入試に失敗したから？」

「そうそう。衛も賢いんだけど、凛ほど飛び抜けてないし。あくまで凡人の中の秀才止まりでしょ？　比べて、凛は普通に天才よねー……あとは、凛が衛を庇《かば》ったってのもあるわ」

「庇った？」

「衛が受験に失敗して、凛なりに思うところがあったんでしょーね。父親に、自分が頑張るから、衛はもう自由にしてあげてって直談判《じかだんぱん》したのよ」

……ん？

え、マジで？

「それ、ほんとに凛が言ったの？　そんな殊勝《しゅしょう》なことを、あの凛が？」

想像つかないんだけど。

だって凛ってサイコパス手前のヤバい女じゃん。

「みたいよ。雅美《まさみ》から聞いたんだけど、えーと、正確にはなんだっけ、えー……」

お母さんが記憶を掘り返すように、人差し指をくるくる回した。

「そうそう……『衛は馬鹿だから、期待するだけ無駄よ。国立の医学部なんて、逆立ちしても入れない。だから、衛にかける手間を、全部私にちょうだい。私は、お父さんの期待にちゃんと応えるから』みたいなこと、言ったんだっけ……」

「それ、衛のこと全然庇ってなくない？」

「医者に興味がないんだから、衛を庇うためでもなきゃそんなこと言わないでしょ」

お母さんこそ凛を贔屓しすぎてるような。

「そーかなぁ……？」

でも言われてみれば、凛の衛への執着はガチだし、庇ってもおかしくない、かも……？

……わかんねー。

「とにかく、そういうわけだから。もしあんたが衛《まもる》と結婚して、孫でもできたら、あの男が余計な口出ししてくると思うのよねー」

「それは鬱陶《うっとう》しいかも……」

「ま、あくまで予想だから。でも、どちらがより悔いが少ない選択か、って考えは、やっぱ大切よ。結婚するかしないか、色々な面で考えてちょうだい」

さすが年の功。

酔っぱらってるくせして、結構ためになること言うんだもん。

「ありがと。もしもその時がきたら、参考にするよ」

普通に感心しちゃって、素直にお礼を伝えた。

お母さんが「どーいたしましてー」って言って、ぐびーっと缶を一本飲み干す。

「っはー……ま、どーせなら、はやいところ孫の顔でも見せなさいよー?」

……やっぱデリカシーはないよねー。

森《もり》崎《さき》衛《まもる》

家に帰ると決めたのは、間違いなく自分だ。

理由は色々ある。

祖母にこれ以上迷惑をかけられない。凛《りん》の動向が気になる。亜希子《あきこ》さんが帰ってきた。

いずれにしても、誰のせいでもなく、自分の意志で帰宅を決めた……はずなんだけど。

「ふぅ……」

いざマンションに帰りついてみれば、予想以上に気分が重く、悪くなった。

十階の、一〇〇六号室。ぼくの家。

その玄関の前に立ってから、どうしても、先に進めない。

鍵を開けられない。だから部屋に入れない。

動悸《どうき》がある。

緊張や恐怖がないまぜになって、自律神経に悪影響を及ぼしているんだろうか?

「ふうぅ」と、少しでも気分を落ち着けたくて、何度目になるかわからないため息をついた。

でも動悸は収まらない。

かれこれ五分以上、こうして無為な時間を過ごしている。

いい加減に腹を括《くく》れ、と思うけど、やっぱり体が動かない。

凛と向きあわなければ、なんて身構えれば身構えるほど、気持ちが沈んでいく。

情けない。なにくそと思う気持ちはあるのに。いざ相対すれば、強気でやりあえる自信だってあるのに。ただ、気が進まない。

首の傷痕《きずあと》に触れる。

姉への苦手意識は、一朝一夕《いっちょういっせき》で拭えるような軽いモノじゃない。

……とはいえ、いつまでもここで地蔵になっているわけにもいかないよな。

これが最後のため息だ、と決意して、腹の中身を全部吐き出す勢いで息を吐き……

やっと、玄関を開けた。

薄暗い。廊下に、ダイニングへの扉のすりガラスから、光が淡く漏れている。

ドアの奥に、はっきりと人の気配を感じた。かすかに声が聞こえてくる。

玄関で靴を脱いで、ダイニングへ入った。

「ただいまー……」

挨拶《あいさつ》すると、食卓に座ってスマホをいじっていた母さんが顔を上げた。

「あら。帰ってきたの？　連絡がなかったから、夕飯、何も残ってないわよ」

家出から二週間ぶりに帰宅したけど、さらりとした反応だ。

平常運転そのもの。

「うん。ばあちゃんちで食べてきたから大丈夫だよ」

言って、ダイニングと直接つながったリビングを見やる。そこには凛《りん》がいた。

こちらに背を向けて、ソファに座っている。電話中……だろうか。

ソファ前のミニテーブルに置かれたスマホから、男の声が響く。父さんの声に聞こえる。

凛は黙ってそれを聞いている。まだぼくには気づいていないのか、反応が一切ない。

「……父さん？」

機械を通した声は、生のそれと比べて違和感がある。確信が持てない。

母さんが「そうね」と頷《うなず》いた。

仕事柄、父さんは月単位での出張が多く、あまり家にいない。今は広島に単身赴任中だ。休日は取引先からゴルフなどに誘われることも多々あり、帰ってくるのは月に一日あるかないかだ。よほどのことがなければ電話もしてこないだけに、凛と何を話しているのか気になった。

「何かあったの？」

「凛がこないだ受けた模試なんだけど、信じられないくらい悪い結果だったのよね」

母さんが、困った、というように、頬《ほお》に手を当てる。

「お父さんにその報告をしたら、かんかんに怒って、電話してきたの」

たしかに……訥々《とつとつ》と凛を詰《なじ》る声は、怒鳴ってこそいないけど、苛立《いらだ》っているようだ。対して凛は無言。微動だにしない。こころなし、こちらに向けられた背中が小さく見える。

「……凛が悪い成績を取るなんて、珍しいね。どうしたんだろう」

「さあ？　詳しいことはわからないけど、しっかりしてほしいわね。お盆にお父さんが帰ってくるのに、家の雰囲気が悪くなるじゃない。今から気が滅入る」

完全に他人事《ひとごと》で、いっそすがすがしい。

「……電話が終わるまで待ってようかな」

母さんの斜め前に座った。

「凛《りん》に用でもあるの？」

「いや……久しぶりに話でもしようかなって」

どうせ遅かれ早かれ凛とは顔を合わせて、様子を確認しなければならない。

だったらできるだけ早い方が、精神衛生にも良い。

なにより、この場には母さんがいる。もし凛がぼくを見るなり激昂《げきこう》したとしても、二人きりでなければ、こないだみたいに襲われることはないだろう……多分。

「そう。でも、いつ終わるかわからないわよ」

父さんはネチネチしているから、一度説教を始めると、長丁場になりやすい。

ぼくも散々説教されて、身に染みている。

まあ、受験に失敗してからはめっきり減ったけどね。

多分、ぼくへの関心が薄れたのだろう。

「今どれくらい？」

「一時間くらいかしらね。ずっとあの調子よ」

「ふーん……まあ、待つよ。あ、最近凛の様子はどう？」

待っている間に、母さんからも話を聞こうかな。

最低限の情報くらいはくれるだろう。

スマホに視線を戻そうとしていた母さんが、顔を上げた。

「ずっと具合が悪そうよ。あまり眠れてないみたい。いつもイライラしてるわ」

「そうなの？」

驚いたけど、すぐにまあそうか、と納得する。

そうでもなければ、あの凛が模試で悪い成績を取るはずがない。なんなら、先月以降、凛がぼくの前に現れなかったのも、その不調が関係しているのかもしれないな。

「原因は？」

「本人が病気じゃないって言うくらいだから、なにかストレスでもあるんでしょうよ」

「詳しくは聞いてないの？」

「聞いても教えてくれないわよ。しつこく聞くと怒るじゃない、あの子」

「まあ……そうだけど」

凛は、自分が聞かれたくないことを他人に詮索《せんさく》されると、すぐにキレる。母さんは母さんで面倒ごとを人一倍嫌うから、二人の相性は親子としては中々に悪い。

せめて父さんがまともであればよかったのだけど、あの人も普段は干渉をあまりしないくせに、子供の成績が悪い時だけは鬱陶《うっとう》しいくらいに上から目線で過干渉してくるものだから、厄《やっ》介《かい》極まりないときている。

どうしようもないな。

手持ち無沙汰《ぶさた》になり、スマホを取り出して、適当にSNSを巡る。

「……そういえば、衛《まもる》が家出してから、あの子、調子が悪くなっていったわね」

母さんが思い出したように言った。

顔を上げると、目が合う。嫌な目線だ。

「……なに？　ぼくが家出したから……ぼくのせいで、凛《りん》の具合が悪くなったってこと？」

「そうは言わないけど」

明らかに本意じゃない声音《こわね》だ。

「……ふうん」

「でもね、凛も、あなたを大事にしてるのよ。あの子なりにね。だから、お母さんのところに連泊してもいいけど、たまには家にも帰って、あの子の相手をしてあげたらどうなの？」

「……そうして、したくもない女装をさせられるわけだ」

こっちの気も知らずに、言いたいようにものを言う母さんにイラッとして、声が尖《とが》る。

でも仕方ない。

凛がぼくを大切にしている、なんて与太話が仮に事実だとすれば、嫌がるぼくに無理矢理女装させていたことに説明がつかない。あまつさえその女装姿を、ぼくの手でネットにばら撒《ま》かせていたことも意味不明だし、さらにはぼくの自由意思を認めずに、様々な行動を制限してくることもなかったはずだ。

あるいは、お気に入りの玩具に対するそれと同程度には大切にされていたのかもしれないが、少なくともぼくは人間だから、玩具扱いされても良い気はしない。むしろ腹立たしい。

指先に、癒着して盛り上がった皮膚が触れた。

無意識のうちに、首に手を添えていた。

凛に嚙《か》み千切《ちぎ》られた痕《あと》。

「ぼくは凛の着せ替え人形じゃない」

母さんがため息をついた。

「……大げさね。ちょっと女装するくらい、別にいいじゃない。似合ってるんだし」

感情が一瞬で沸騰した。

「っ……！」

けれど怒りを表に出す直前に、手をぎゅっと握り締めて、心を落ち着かせる。

そうだ。母さんに悪意はない。

凛を鎮《しず》めたくて、そのために、ぼくを犠牲にしようとしているだけなんだ。

悪意はなく、ただ安寧《あんねい》を求めている。

そういう人に怒ったって無駄だ。疲れるだけで、何一つ意味がない。

「……女装だけが問題じゃない。人生に、過度に干渉されることが嫌なんだよ」

それだけ言って、スマホに目を落とす。
これ以上話すことはないと、態度で示す。
「あぁ、そう」
ぼくが怒ったと見るや、母さんはそれだけ言って、口を閉ざした。
部屋には、機械で濾《こ》された違和感のある父さんの声だけが響く。
帰って早々に、最悪の気分だ。
でも、我が家なんて、大体いつもこんな感じか……
適当にネットを巡るけど、視線が画面の上をするする滑って、何も頭に入ってこない。
怒りがなかなか冷めてくれないな。駄目だ。気分を落ち着けなくちゃ。
目をつぶり、静かに、ゆっくり、大きく、呼吸を繰り返す。
「——うるさい」
背後から、声がした。
それは、ともすれば、幻聴かと疑うほどに小さな声だった。
なんだ？　と振り返る。
それと同時。
ソファに座っていた凛《りん》が、テーブルの上のスマホを乱暴に摑《つか》んで、立ち上がった。
「もう、どうでもいい……！」

そして、聞こえてくる父さんの言葉を無視して、スマホを振りかぶり……

勢いよく床に叩きつけた。

良くない音がした。とても良くない音だ。

明らかに何かが壊れたような音。

スマホから聞こえていた声が、ぶつっと途切れる。

だけど凛はそれだけじゃ気が済まないのか、落ちたスマホを拾い上げ、再度床に叩きつけ、さらに足で何度も踏みつけた。無言で。内に溜《た》まった激情をどうにか発散するように。

「ちょっと、なにしてるのよ」

さすがに母さんが声をかけた。

凛がこちらを向く。

目を吊《つ》り上げ、歯を剝《む》いた、怒りの形相だった。

だけど、ぼくと目が合って……その表情が一瞬で崩れた。

信じられないといった、驚いたような顔で、ぼくを見てくる。

「衛《まもる》……いつから、いた……？」

小さく尋ねられた。

「え、と……つい、さっきだけど……」

椅子《いす》から立ち上がり、答えた。

激昂《げきこう》する凛《りん》を前に、椅子《いす》に座ったままでいることが怖かった。

「聞いてたの？」

それは……父さんとの通話を、だろうか？

それ以外ないか。

「……ごめん。少しだけ」

凛が黙った。

驚いていた顔が、段々、怒り顔へ戻っていく。

「……馬鹿に、してんだろ」

「え？」

「いい気味だって……思ってるだろ……私を、馬鹿にしやがって……！」

いやっ……なんでそうなる？

攻撃性を発露してきた凛に、一気に緊張感が増した。

胃の辺りにギュッとした不快感が生じ、思わず手を当てる。

「してない。全然してない。急に、なに？」

否定したら、凛が大股で近づいてきた。

まずい。

距離を取ろうにも、食卓と椅子が邪魔で動けず、あっという間に距離を詰められた。

ぼくを見下ろす凛《りん》の目は、充血して朱色に染まっている。隈《くま》も濃く、深い。

何より顔色だ。悪すぎる。生気がない。

元が色白のせいで、土気色にまでなっている。

不眠というのが、これ以上なく明確に見て取れた。

「……だ、大丈夫？　顔色、かなりやばいけど……」

あまりのひどさに、一瞬恐怖を忘れ、心配の声が出た。

他意や打算じゃない。本当に不安になったのだ。

今この瞬間に、倒れやしないかと。そんな危惧《きぐ》をする自分に、少し驚く。

凛のことは憎んでいるし、怖いし、苦手だけど、それでもやっぱり家族なんだな……

なんて、心の片隅で冷静に思った。

「だっ……」

凛が声を詰まらせた。

そして、何かを迷うように黒目が揺れ、口元が細かく動き……

「うるさい……！」

凛が顔を逸《そ》らし、まるで逃げるように、足早にダイニングから出ていく。

反応できなくて、ぽかんとしていると、廊下を進む足音が小さくなり、そのまま一直線に自室に入る音が聞こえてきた。

「……はあ」

母さんがため息をつき、床に打ち捨てられたスマホを拾いに向かう。

「お盆休みは地獄ね。お父さん、絶対に怒ってるわ」

化かされたような気持ちで、画面にひびが入ったスマホを眺める。

凜……明らかに情緒がおかしかったな。いや、凜の情緒は普段からおかしいか。

いつ噴火するかわからない不安定さが常にあった。

だけど、ここまで神経質な感じは……なかった、よな？

本当に不調なんだな。どうしたんだろう。

成績を落とし、情緒を不安定にするほどの、理由……

本当に、ぼくの家出が原因なのか？

ぼくがいなくなったから、凜は、おかしくなった……？

「……だったら、なんだっていうんだ」

吐き捨てた。

ぼくは博愛主義じゃない。自己犠牲の精神もそれほど持ち合わせていない。

京子《きょうこ》や征矢《せいや》といった、大好きな人たちのためなら、あるいは自分の気持ちを殺すこともできるけど、凜はその範疇《はんちゅう》に含まれていない……はずだ。

自分の身を守るために必要なら、ぼくは凜から逃げる。

その結果として、凛《りん》が病んでも……それは凛の自業自得だ。

そんなこと、ぼくは別に……

………気には、しない……するわけない……

◆

風呂に入り、洗面所で一通り肌のケアをして、自分の部屋に戻った。

二週間ぶりの自室だ。

室内は、家を出た日から特に変わっていなかった。もしかすると、癇癪《かんしゃく》を起こした凛に腹いせとして荒らされているかも、と危惧《きぐ》していただけに、嬉《うれ》しい誤算だ。

冷房を入れて、ベッドに大の字に寝そべる。

風呂上がりの火照《ほて》った体に冷風が当たり、気持ちがいい。

タオルケットを端に寄せて、全身で風を浴びながら、天井を見上げる。

家出をしていた間、凛がぼくの前に現れなかった理由について、ぼんやり考える。

凛は、明らかに精神的に参っている。間違いなく、それが直接の原因だろう。

そしてその凛が参っている理由には、ぼくの家出が深く関係しているのかもしれない。

……本当に？

それは母さんが勝手に言っているだけだ。実は、全然違う理由があるかもしれない。

母さんは、本当の意味で子供を見ていない……と、ぼくは思っている。

そんな人間の言うことは、話半分に聞くくらいでちょうどいいだろう。

それに、さっきも考えたけど、もし仮にぼくの家出が原因で凛がメンタルを崩したとしても、そこにぼくの責任はない……ないと、思う。

そりゃあ、まあ、まったくの無関係でもないけど。

でも、家出の原因を作ったのは、外《ほか》ならぬ凛だしな。

凛がぼくを苦しめたから、ぼくはぼくを守るために、逃げるしかなかった。

それは凛が積み重ねたことの結果だ。何年もぼくを虐《しいた》げた結果だ。

だから、ぼくがこれ以上、凛に関して我慢したり、譲歩したりする必要なんかない。

そう思う。

思うのに。

モヤモヤする。

そんなに凛が心配なのか？

あんなに苦しめられてきたのに？

恨んでいるのに？

お人よし過ぎないか？

……いいや、違う。絶対に違う。
このモヤモヤは、多分、凛《りん》を心配しているとか、そういう前向きな理由じゃない。
単に、自分の非によって他人を苦しめてしまった時に覚える、普遍的な罪悪感だ。
誰だって、好んで悪者になどなりたくはないだろう。
もちろんぼくだってそうだ。
可能な範囲でいいから、清廉潔白に生きたい。
他人にかける迷惑は最小限に抑えたい。
そう願う。
だから、今……胸に渦巻くこの不快感は、凛を慮《おもんぱか》ってのものじゃない。
そのはずだ。
……はあ。なんでぼくが、わずかとはいえ、責任を感じなくちゃいけないんだ?
大体凛のせいなのに。
ぼくは、凛に何年も虐《しいた》げられてきたのに……
「やめよ」
こんなことを考えても、ストレスにしかならない。だったらいっそ、忘れてしまえ。
凛がぼくにちょっかいをかけてこないのなら、理由なんてどうでもいいじゃないか。
わざわざ家に帰ってきたのだって、安全を確かめるためで、その結果は最良だ。

これ以上、何を気にする必要がある？

スマホを見れば、そろそろ日付が変わろうかという時間だった。

「寝よう」

ここ二週間は、京子《きょうこ》と毎日一緒に過ごして……夜は、おやすみと挨拶《あいさつ》をかわしていた。

それが心地よかった。あのまま一緒に生活できたら、どれだけ良かったか。

……でも、こんな場所でも、自分の家だからな。

仕方ない……せめて、高校を卒業したら、京子と同棲できればいいんだけど。

お互い、近くの大学に通えたら、きっと不可能じゃない。

でもな。人生を決める、大切な進学を、そういう軽い理由で決めるのも抵抗あるよな……

まあ……なるようになるか。

そんなことを思いながら、部屋の電気を消して、瞼《まぶた》を閉じる。

そして、明後日《あさって》に迫った、京子とのプチ旅行のことを考えながら眠りに落ちた。


どちらかといえば、ぼくは眠りが深いタイプじゃない。

少しの刺激で、夜中や明け方に、意識が覚醒に近づくことが多々ある。ほどよく疲れていなければ、熟睡できない。

多分、これも凛から受けた悪影響の一つだろう。

常に緊張しながら生きてきたから、そういう習性になってしまった。

とにかくだ。覚醒しかけたとしても、下手《へた》に目を開けたりはせず、何も考えずにぼんやりしていれば、またすぐ眠りにつけることがほとんど……なんだけど。

今日は、そうもいかなかった。

意識がふわふわ浮上して、あやふやな夢から現実に引き戻されかける。

明かりは……感じない。だから多分、まだ夜中だ。

あぁ。目が覚めかけている。寝なきゃ。

そう思って、頭を空っぽにしようとして……すぐに、異変に気づいている。

誰かが、すぐ傍《そば》に。

それは近くから聞こえる小さな息遣いだったり、エアコンから吐き出される冷風が阻まれていたり、そういった物理的な現象からくる、明確な気配だった。

そして、真夜中に音もなく訪れる人間の心当たりは、一人だけだ。

ゆっくり瞼《まぶた》を持ち上げる。

凛《りん》と目が合った。

ベッドサイドに立った凛が、窓から差し込む月明かりを背負い、腰を折り曲げて、ぼくを見下ろしていた。

長い黒髪が垂れ下がりできた影の中で、爛々《らんらん》とした二つの瞳がぼくを捉《とら》えている。

ぎゅっ、と心臓を握られたように、呼吸が止まった。

ぼくが目覚めたことに気づいたはずなのに、凜は何も言わない。反応がない。

ただ、無言でぼくを見下ろしている。

亡霊のように。

「……なに?」

恐怖心を押し殺して、こちらから聞いた。

寝起きだからか、それとも恐れからか、喉《のど》が乾燥して、声がかすれる。

「……起きたか」

凜が言った。

距離が近すぎて、暗いのに表情がはっきりとわかる。

「起きたよ……で、なんの用?」

「別に、用なんかないわよ。ただ、あんたを、見てるだけ」

凜は、微動だにしない。

言葉通り、ただぼくを凝視《ぎょうし》してくるだけだ。

「……なんで?」

「あんたが、本当に生きてるか、確かめたくなった」

「は？」

なにを言っているんだ？

やっぱり、なにかおかしい。

「……ねえ、凛《りん》。今、何時？」

「三時」

声は落ち着いている。

数時間前に、スマホを叩きつけたあの激情は、完全になりを潜めていた。

それが逆に怖い。嵐の前の静けさ、という言葉を思い出す。

「嘘《うそ》でしょ……真夜中じゃん。早く寝なよ……さっきも言ったけど、顔色がやばすぎる」

本当は暗くて顔色まではわからない。

だけど雰囲気が普通じゃない。

「うるさいな。眠れるなら寝てる。あんたこそ寝なさいよ」

「寝るよ。凛が自分の部屋に戻れば、すぐ寝る。でなきゃ、怖くて眠れない」

「………別に、何も、しやしないわよ」

凛の声が硬くなった。

空気がピリッと引き締まる。

つい、反射的に、首元に触れた。

傷痕《きずあと》。完全にトラウマになっている。

「……なによ。それ、嫌味？」

「あ、いや……反射的に……何も考えてないよ……」

素直に答えると、凛が黙った。

こっちも「帰れ」以外にかける言葉なんかない。

無言で見つめ合う。

かち、こち、と壁に掛けた時計の音だけが聞こえる。

やがて、凛が口を開いた。

「……ちょっと付き合いなさいよ」

「え？」

「眠れないから、屋上で、夜風に当たりたい。あんたも来て」

屋上？

自然と、二か月前の出来事を思い出す。

京子《きようこ》と付き合うきっかけになった、あの一連のできごとを。

「……本当にどうしたの？　言いたくないけど、なんかおかしいって」

尋ねた。凛にこんなことを誘われるのは初めてだったし、そもそもこういった誘いをされるような関係でもない。

なにより、普段であれば許可など取らずに力ずくで従わせようとしてくるはずだ。

「別に。嫌なら、いい」

腰を折ってぼくを凝視《ぎょうし》していた凛《りん》が、真っすぐ立つ。

そして部屋から出ていこうとする。

「ちょっ……まさか、今から一人で行くの？」

「あんたに関係ないでしょ」

こちらを見もせずに返された。

ふっ、と一抹《いちまつ》の不安がよぎる。

……あぁ、もう。

「待ってよ。嫌なんて一言も言ってないでしょ」

よせばいいのに。そんな義理もないのに。ベッドから這《は》い出ていた。

変な胸騒ぎがあった。いや、杞憂《きゆう》だろう。十中八九、無視してかまわないと思う。

でも。

一瞬、鮮明に思い出したんだ。

失恋したあの日に、屋上の縁に立って見た、あの恐ろしい光景を。

十数階の高さから見下ろした先の、地上を。

……今の凛は、あの時のぼく以上に、不安定であるように感じる。

「ぼくも行く。付き合うよ」

凛がドアの前で立ち止まり、振り返った。

「……あっそ。じゃあ、とろとろしてないでさっさときて」

そう言って、今度こそ部屋から出ていく。

◆

屋上へ上がりたい、と言った凛は、しかしそこへの入り方を知らなかった。

だからぼくに案内しろと要求してきた、ということらしい。

しかし、なぜ凛は、ぼくが屋上への行き方を知っていると確信していたんだ?

誰かに聞いたとしか思えないけど、それを知っているのは、征矢《せいや》と瑞希《みずき》、京子《きょうこ》だけだ。

しかし三人とも凛との接点は薄い。わざわざそんなことを伝える理由も思いつかない。

わからないな。いずれにせよ、隠し通すことは難しそうだ。

避難場所としてたまに使っていたから、教えたくなかったけど、諦《あきら》めるしかない。くそ。

共用部の非常階段を使えば入れると説明し、実際に向かった。

二人とも寝巻のまま柵を乗り越え、屋上に侵入する。

ここに来るのは、ほぼ二か月ぶりだ。

当然、そんな短い期間じゃ、光景は代わり映えしない。

パジャマ姿の凛《りん》が、辺りを見渡す。

「何もない」

開口一番、そう言う。いや……得体のしれない小屋や縁を這《は》う謎のパイプ、巨大な貯水タンク、転落防止の柵等々あって、何もないわけじゃないのだが……

凛が期待していたようなものが何もない、というだけだろう。

こんなところに何を期待していたかは知らないけど。

吹きさらしの屋上は、風が少し強い。髪が煽《あお》られ、揺れた。

凛の長い黒髪も、躍るようになびいている。

「朝山《あさやま》に失恋した時、あんた、ここに逃げてたのか」

確信を持った物言いは、断言に近い。

やはり、誰かから、話を聞いたのだ。

「……まあね」

京子《きょうこ》か征矢《せいや》か、どっちだ？　と考えながら、頷《うなず》く。瑞希《みずき》が元彼とキスをしたあの日、ぼくがここに逃げ込んだことを知っているのは、あの二人だけだ。

まあ、どっちでもいい。責めるつもりはない。

京子も征矢も、面白半分にそういうことを吹聴する人間じゃないことはわかっている。

何か理由があったんだろう。

「あそこか」

凛が迷いのない足取りで縁へと向かった。

そのまま、錆《さ》びて変色した転落防止の柵を両手で掴《つか》み、身を乗り出し、下を覗《のぞ》き込む。

「……高い」

「凛。危ないよ」

声をかけたら、凛が柵から手を離して、振り返った。

無表情だ。何を考えているのかわからない。

「危ない、ねぇ？　……そういうあんたは、どういう気分だったわけ？」

「なにが？」

「ここから飛び降りようとしたんでしょ？」

あぁ……

「自分こそ死ぬ気だったくせに、よく私に危ないだなんて言えたな」

驚きはしなかった。京子か征矢が凛に屋上の話をしたのだとすれば、ぼくの投身について以外に、話題に出す理由が見当たらない。そして今、ほぼ確信できた。

凛にこのことを話したのは、京子だ。

征矢は、ぼくが本気じゃなかったことを知っている。

「……悪いけど、ぼくに飛び降りる気なんてなかったよ」

「嘘吐《うそつ》くな」凜《りん》の表情が険《けわ》しくなった。「私は嘘を吐かれるのが嫌いなんだよ。特に衛《まもる》。あんたに嘘を吐かれるのは、何より許せない」

「嘘じゃない」

「なら京子《きょうこ》が私に嘘吐いたって？」

やっぱり京子だったか。図らずも答え合わせができた。

でも解せないな。京子は何を思って凜にこのことを伝えたんだろう。

「違う。京子も嘘は吐いてない。ただ……勘違いしてるんだ。京子は」

「勘違い？」

「説明が難しいな……」

ここまできたら、観念して全部話した方がいいだろう。

凜に、自分の弱みを吐くのはきついけど、自殺志願者だと思われる方がよほどつらい。

「柵の向こうに立って、飛び降りる気になって……つまり、死んだつもりになって、気持ちをリセットしようとしたんだ。失恋とか、日々の悩みとかで、色々溜《た》まってたから」

凜がため息をついた。

「それが本当だとして、よ。そこまでメンタルをやられてたんなら、どうせ遅かれ早かれ、本当に飛び降りて死んでただろ……」

ぐうの音も出ない正論だ。

ただ、外《ほか》ならぬ悩みの一つであった凛にそう突っ込まれると、複雑な気持ちになるな……

「で？　ここに立って、どういう気分になったわけ？」

返す言葉に迷っているうちに、凛が再び柵を掴《つか》み、身を乗り出して下を覗《のぞ》き込んだ。

強度は問題ないだろうけど、錆《さ》びた柵はいかにも頼りない。

段々心配になってきた。何かあった時に支えられるよう、凛の方へと向かう。

「どうだっけな……落ちたら即死だな、って思ったような」

「それは感想だろ。気分を聞いてるんだけど。あんた、何も感じなかったの？」

「……そりゃ怖かったよ。メンタル病んでようが、死ぬのは怖い。元々死ぬ気もなかったし」

「あっそ」

身を乗り出していた凛が、振り返った。

すぐ支えられるよう、背後まで近づいていたから、目の前に凛の顔がくる。

凛が、風で流れる髪を鬱陶《うっとう》しそうに手で押さえた。

「……はあぁ。いくら悩んでたからって、死ぬような真似《まね》するなんて、馬ッ鹿じゃないの」

「ぼくもそう思う」

頷《うなず》くしかない。あの日のぼくは、人生の中でも最大級に頭が悪かった。でも、そのおかげで
京子と付き合えることになったと思えば……まあ、結果オーライではある。

凛《りん》が再び「はあ」とため息をついて、柵に背中を預けた。

そして首を後ろに倒し、天を仰《あお》ぐ。

つられて、ぼくも空を見上げた。

雲が少なく、全天に無数の星々が輝いている。

半分欠けた月もはっきり見えた。

天体観測にうってつけな、気持ちの良い夜空だ。

「さっき……日々の悩み、って言ったけど、それには私も含まれてたの？」

綺麗《きれい》だなぁ、なんて思っていたら、凛が小さく呟《つぶや》いた。空を見上げるその表情は、角度が悪くてよく見えない。ただ、声には間違いなく悔恨が滲《にじ》んでいる。

「……どうかな」

頷《うなず》きたかった。肯定したかった。

どれだけ凛に苦しめられてきたか、積もりに積もった恨み言を、全部吐き出してやりたかった。だけど、今の弱った凛にそれを言うのは……やはり、酷だろう。どうしても憚《はばか》られる。

「忘れたよ。一番の原因は、やっぱり失恋だから」

韜晦《とうかい》する。

凛は返事をしなかった。

なんとなく、これを聞きたいがために、凛はぼくを屋上へ誘ったのかも、と思った。

夜風に当たりたいというのは、口実で……

「……そろそろ、眠れそう？」

聞くと、星空を見上げていた凛が、ゆっくり顔を下げた。

「眠れるわけ、ないでしょ」

言うや否や、凛が柵に足をかけて乗り越え、縁に降り立った。

ぎょっとした。突然のことに反応が遅れる。

「え、ちょっ」

「たしかに、怖い……」

真下を覗《のぞ》き込み、凛が呟いた。

そしてこちらを振りかえって、柵を摑《つか》みもせずに、見つめてくる。

長い髪がはためいていた。

もし、さらに強い風が吹けば、あおられて、真っ逆さまに堕《お》ちてしまいそうだ。

「ねえ、衛《まもる》。なんで私を誘わなかったの？」

その言葉を聞いた瞬間、凛に駆け寄り腕を伸ばしていた。

「何考えてるんだ!?　戻れ！」

手を払いのけられる。

「触んな。自分を棚上げして、よく言えるな、そんなこと……もう死ぬ気はないわけ？」

「ないよ、死なない、絶対死なない……！」

諦《あきら》めずに両手で凛《りん》の腕をどうにか掴《つか》み、全力で引っ張る。

だけど凛は、柵に足をかけて、器用に抵抗してきた。

全然動かない。凛はぼくよりも力が強いが、それにしたってさっぱりだ。

「……あぁ、そう。死なないんだ」

「当たり前だろ!?　いいから、こっちにっ……！」

「死なないのは、京子《きょうこ》と付き合いだしたから？」

凛がぼくの目を見ながら、言った。

「っ……そうだよ！　悪い!?」

「……別に」

ふっ、と。凛の全身から、力が抜ける。

「うおっ!?」

それまでの抵抗が嘘《うそ》みたいに、簡単にこちら側へ引きずり込めた。

どころか、勢いそのままに二人でもつれて、床を転がる。

無意識に凛を守るように抱き込んだ。背中や頭を打ち、凛の下敷きになる。

「いっ……たぁ……！」

仰《あお》向《む》けに倒れたぼくに、凛が覆いかぶさるような形に。

凛の長い髪が暗幕のように垂れ、ぼくの視界を囲い、星の光を遮った。

凛の端正な顔が、目と鼻の先にある。

少し動けば、鼻先が触れ合うほどに近い。

体勢が体勢だけに、先月、凛に噛《か》まれた時のことを思い出す……が。

凛の表情が、違う。

あの時のような怒り顔ではなく、ぐしゃぐしゃな……苦しそうな顔で……

「死ぬなら……」

凛が言った。

「死ぬなら、私も連れていってほしかった……」

「は？」

凛が、握りこぶしを作って、弱々しくぼくの胸を叩いた。

「なんで、おいていった……なんで、京子なんだ……衛《まもる》がいなきゃ、生きる意味なんて……」

「なんっ………なんて？」

自分の耳が信じられなかった。

だって凛が、まさか、そんなことを言うわけ……

ありえない。

これじゃあ、まるで凛が、ぼくを本当に……

「……でも、もう、どうでもいい。寝る」

茫然《ぼうぜん》としていたら、凛《りん》が立ちあがった。

ふらふらとした足取りで、屋上の出口、非常階段へと向かっていく。

ぼくは……その背中を見送ることしかできなかった。

◆

姉に関して、なにか大きな見落としがあるのかもしれない。

ぼくは凛を、基本的には「ギリギリ日本語が通じる攻撃的な化け物」だと認識していた。

だってそうだろう。

凛はぼくの意志を徹底的に否定し、まるで着せ替え人形のように女装を強いてきた。

日常のあらゆる場面でぼくを都合よくコントロールしようとし、ぼくが逆らえば徹底的に糾弾し、暴力を織り交ぜて矯正までしてきた。

かつて凛はぼくを完全に支配していた。精神的にも、肉体的にも。

彼女が何を考え、そのような態度を取っていたのかは、未《いま》だにわからない。何年か前に理由を尋ねたことはあるが、それで凛の神経を逆なでしてしまい、きつい折檻を受けた。

以来、ぼくは凛の理解を放棄した。

彼女の常識は、ぼくのそれとはまったく別種のものだ。

違う理《ことわり》の中で生きている人間なんか、詮索《せんさく》するだけ無駄。考察するだけ徒労。

ただ、悪意があって、害意もある。そのくせ異様な執着心もある。

そういった認識に落ち着いた。

別にそれを間違った判断だとは思わない。

当時のぼくにとって、恐ろしい姉をいかに刺激せずに一日を終えるかは、己《おのれ》の狭い世界を生きていく上で、本当に重要で大切なことだったからだ。

なのに。つい先ほど、その認識にひびが入った。

凛が、ぼくがいなければ生きる意味はない、と言ったからだ。

あんな状況で出てきた言葉が嘘《うそ》だとは、到底考えられない。

つまり凛は、ぼくを唯一無二の大切な存在だと思っている……可能性が、かなり高い。不眠になるほど病んだのも、ぼくの自殺未遂を知り、強いショックを受けたからなのだろう。

母さんは正しかったのだ。

凛は凛なりに、ぼくを大切にしていた……だからといって、凛を好意的に見られるようになったかといえば、全然そんなことはないけど。凛の真意がどうであっても、彼女のせいでぼくは人生の長い時間を、恐怖や苦痛と共に過ごすはめになった。

その事実はどうあがいても変わらない。

きっと、ずっと、ぼくは凛《りん》を恨み続ける。

でも、そのうえで、こうも思う。

助けになりたい。

だって……どれだけ憎くても、たった一人の姉なんだ。

その姉が、ぼくの軽率な行動のせいで、苦しんでいる。

どうしても、見捨てられそうにない。

躊躇《ちゅうちょ》なく屋上の柵を乗り越え、縁に立った凛の姿が、目に焼き付いていた。

このまま凛を放置して、もし彼女に何かあれば……

きっと、ぼくはこの先一生、後悔することになる。


屋上から戻ったのは、大体朝の四時頃だったか。

眠気はすっかり吹き飛んでいたけど、一応寝たい気持ちはあって、ベッドに入った。

でも、横になって目を閉じても、頭が勝手に凛のことを考えてしまう。

当然だ。あんなことがあって、気にしない方がどうかしている。

結局、二度寝はすぐに諦《あきら》めて、つらつら気持ちを整理していく。日が昇り、母さんの起きた音が聞こえてきた頃になってようやく、自分の中で落としどころを見つけることができた。

スマホを見れば朝の七時を回っている。

普段なら、身支度を済ませておかなければ遅刻する時間だ。

今日から夏休み……もとい、盆休みで良かった。

あと少し粘れば、眠れる気がしたけど、連休中に生活リズムを崩すと後に響く。

重たい体に力を込めて、どうにか起き上がる。

睡眠不足で頭痛がした。ただ、完徹したわけじゃないから、それほどひどくはない。

「だる……」なんて呟《つぶや》きながら、部屋を出た。

トイレで用を済ませてダイニングに入ると、母さんが台所で炊事をしていた。

「……はよう」

「おはよう」

昨晩のやり取りが尾を引いて、少し気まずい。

でも母さんはそうでもないのか、ごく普通に挨拶《あいさつ》を返してきた。

「学校、遅刻じゃないの？」

「今日から盆休みだけど……」

「あらそうなの。朝ご飯は？」

何かを焼いている匂いがするけど、重たいものは食べられそうにない。

「自分で食パンでも焼くよ」

台所に入り、母さんの邪魔にならないように気をつけつつ、棚からパンを取り出して、トースターにセットした。

「凛《りん》が起きてこないわね」

タイマーをセットし、飲み物やマーガリンを準備していたら、母さんが言った。

たしかに。いや、そもそも、あれから凛が寝付けたかもわからないが……

「そうだね」

徐々に焦げ目がついていくパンを見つめながら、答えた。

「起こしてきてくれない？」

振り向く。母さんがフライパンで何かを焼いていた。こちらを見てもいない。

嫌だ、と思った。でも……凛の様子も気になる。

仕方がないな。

「わかった。パン、焦げないように見ててね」

それだけ言って、ダイニングを出た。

廊下を進み、凛の部屋の前に立つ。

軽く息を吸い、ドアをノックした。

「……りんー？　起きてるー？　朝だけどー……」

あんなことがあったばかりなのに、間抜けな声掛けをしている自分が、馬鹿みたいだ。

「おーい……」

返事がない。
まさか眠れたのだろうか？　だったら、安心なんだけど。
少し悩み、ノブに手をかけた。
「あけるよー……？」
ゆっくり扉を押し開く。
室内は薄暗い。カーテンが閉め切られている。
ベッドの上で、凛が仰向《あおむ》けに横たわっていた。
長い黒髪が放射状に広がり、四肢が力なく投げ出されている。
目は……開いているな。焦点の定まらない視線が、天井付近に向けられている。
相変わらず顔色が悪い。夜中に会った時も悪かったけど、今はそれに輪をかけて悪い。
特に隈《くま》だ。濃すぎる。
「……起きてるなら、返事してよね」
あえて軽い調子で声をかけた。
凛が顔だけ動かして、ぼくを見る。
目に生気がまるでない。血の通っていない人形みたいでゾッとした。
凛がゆっくり、小さく、口を開く。
「……なによ」

声、かすれてるな……

「朝だよ。母さんが起こしてこいって」

伝えたら、凛《りん》が億劫《おっくう》そうに寝返りをうち、ぼくに背を向けた。

「……出てって」

取り付く島もない。

だけど、はいそうですか、とはいかない。

心の中で気合を入れて、凛の傍《そば》に寄った。

「大丈夫？」

凛は何も言わず、緩慢な動きで体を丸めた。

胎児のような体勢は、拒絶の意思表示だろう。

頰《ほお》には、泣きはらしたような、涙の痕《あと》がある。

なぜ、泣いていたのだろうか。本当にわからない。

「ねえ、凛」

「うるさい……」

しゃがれた声は弱々しい。

なのに、こちらを黙らせるのに、十分な凄みがある。

「誰とも話したくないのよ……何もかもが、嫌……もう、ほっといて……」

かける言葉を見つけられなかった。

それでも諦《あきら》めきれずに、凛の肩に手を伸ばして……指先が触れる直前で、思い直す。

触れてどうする？

「……ごめん。じゃあ……その、何かあったら呼んでね」

それだけ絞り出して、部屋から出た。

後ろ手に静かに扉を閉めて……凛に聞かれないよう小さく息を吐いた。

想像以上に消耗していた。というか、完全に病んでいる。

これ、取り返しのつかない事態になったりしないだろうな……？

原因の一端を担っている身として、どうにかしたい、が……

できることがあるのかさえ、わからない。

あまりに凛のことを知らなさすぎて、どうすればいいのか、わからない。

そうだ。家族なのに、凛の考えていることが何一つわからないんだ。

だから、当たり障りのないことしか言えないし、できない。でもそんな場当たり的な慰めは求められていないだろうし、下手《へた》すれば気休めを言って怒らせる可能性さえある。

「くそ」

片手で後頭部の髪をぐしゃっと掴《つか》み、ダイニングに戻る。

「パン焼けたわよ」

母さんがトースターから食パンを取り出して、皿に載せていた。

「ありがとう……」

「凛《りん》は？」

「……なんか、体調悪いから、まだ寝るって」

とりあえずそう言うしかない。

母さんがため息をついた。

「困ったわね」

パンが載った皿を受け取って、食卓に置き、冷蔵庫からジャムを取り出した。

「凛、かなり参ってたよ。しばらくは部屋から出てこないかも」

「あぁ……あのね、お父さんがカンカンなのよ。昨晩、あのあと私に連絡があったんだけど、凛が起きたらすぐに電話させろって。仕事を遅出にして、説教するからって言って、もう大変」

「無理じゃないかな。今父さんと話したら、凛、多分倒れるよ」

食卓に座って、いちご色のジャムを塗りながら言った。

今の凛が怒りくるう父さんを相手にすれば、きっとパンクしてしまう。昨晩の時点で、耐えられずにスマホを床に叩きつけて破壊していたくらいだ。とてもじゃないけど、無理だろう。

娘が不調だからといって、手心を加えるような人情は、父さんにはないからな……

基本的に自分のことしか考えていない人だ。

「そうなの？　でもねぇ、電話で少しはお父さんのガス抜きをしておかなくちゃ、明日帰ってきた時、本当にひどいことになると思うの」

母さんは心底嫌そうだった。目を凝《こ》らすまでもなく、保身が見て取れる。

二人の諍《いさか》いに巻き込まれたくないのだ。

けれど、言っていること自体は間違っていない。今のうちに怒りを多少抜いておかなければ、父さんは怒りに任せて凛を何時間もネチネチ詰《なじ》るだろう。

そしてストレスが臨界点に達した時、凛がどう動くかは……ぼくにはわからない。

自傷行為に走るのか、あるいは父さんを攻撃するのか。

凛のこれまでの行いを勘案すれば、後者な気がするが、屋上で死の匂いを漂わせていただけに前者の可能性も捨てきれない。あるいは父さんを殴った上で自傷までするか。最悪だ。

いずれにせよ、今の凛には、何をしてもおかしくない危うさがある。

……参ったな。本当に、参った。

こっちまで気分が悪くなってきた。

でも、ぼくも凛も、自業自得なんだよな。

凛が日頃からぼくを苦しめていたことが、ぼくの投身ごっこの遠因となり、しかしその投身ごっこが巡り巡って凛をこれほど苦しめているんだから……

多分、ぼくらはずっと間違えていたんだろう。

そのツケを払う時がついに来てしまった。

「……明日の何時頃に帰ってくるんだっけ？」

呟《つぶや》いたぼくに、台所で炊事を続けている母さんが「そうね」と頷《うなず》いた。

「夕方だって。でもどうかしら。あんなに怒ってたら、予定を早めて帰ってくるかもね」

「ありうる……凛《りん》と父さん、会わせたくないなぁ……」

ジャムを塗ったはいいが、食欲が失せてきた。

手に取ったパンを、一旦《いったん》皿に戻す。

「でも、あなたは明日から、京子《きょうこ》ちゃんと旅行に行くんでしょ？　ならいいじゃない」

台所で炊事を続けていた母さんが、どこか恨めしそうに言った。

旅行のことは昨晩のうちに伝えてしまった。さすがに何も言わずに行くわけにもいかない。

つまりこれは、ぼくだけ逃げることへの怨嗟《えんさ》だろうな。

「そうだけど……どうしよう」

ただ、今となっては、凛を置いて旅行に行くのが正直怖い。

屋上で、柵を乗り越えた凛の姿がフラッシュバックする。

さすがに杞憂《きゆう》だとは思うけど、でも万が一を否定できない。

だからといって、京子との旅行をドタキャンしたくもないし……

ここしばらく、ずっと旅行を楽しみにしていたんだ。きっと京子もそうに違いない。

彼女をがっかりさせたくなかった。

でもなぁ、凛のことは本当に心配だし……

困ったな。どうしよう。

「ちょっと、京子と話してこようかな……」

皿の上の食パンを見つめて、小さく呟いた。

自分一人で答えを出すには、この現状は難しすぎる。

京子の意見も聞いておきたい。

……うん。それがいい。そうしよう。

◆

明日の旅行について、相談したいことがあるんだけど。

京子にそう連絡したら、バスセンターの喫茶店で昼ご飯を食べながら話すことになった。

電話で済ませるには内容が重たいし、だからといって京子を家に呼ぶわけにもいかない。

凛は京子を蛇蝎《だかつ》のごとく嫌っている。もし今の凛が京子と対面すれば、何が起こるかわかったものじゃない。

そんなわけで喫茶店へ向かう。

ちなみに、京子《きようこ》と瑞希《みずき》が諍《いさか》いを起こした例の店だ。

あのあと一度、京子と行ってみたら、奇跡的に出禁にされていなかった。

まあ、問題を起こした時、京子は変装していたし、ぼくも女装していたからな。

当時の格好で入店すれば、きっと普通に追い出されるに違いない。運が良かった。

店に入ると、すでに京子がいて、ボックス席に陣取っていた。

色付き眼鏡《めがね》と帽子で軽めに変装している。周到だ。

夏休みだからか店内には若い客が多い。それを見越してだろう。引退したとはいえ、それもまだ二、三か月前のことだ。宵ケ峰《よいがみね》京子の名前は人々の記憶に新しく、特に若い人に顕著だが、未《いま》だに身元がバレたら話しかけられることが多々ある。

「お待たせ。あとごめん、急に呼び出して」

テーブルの上には、飲みかけのラテが置いてある。食べ物はない。

呼び出しておいて、待たせてしまった。

「ううん」と京子が笑った。「全然大丈夫だよ。でも、急にどうしたの?」

「あ、えっと……とりあえず、まずは飲み物と食べ物買ってくるよ」

ここはレジで注文してカウンターで品を受け取るタイプの店だ。ただ、調理に手間がかかる品だと、札を渡されて席まで持ってきてくれるんだけど……テーブルには札もない。

「注文してくるけど、京子は何食べる?　ぼくが来るまで待っててくれたんだよね?」

「ん、まあ……どうしよっかなー……それじゃ、バジル系のパスタがあれば、それで」

アバウトな注文だが、何を食べたいかは十分わかる。

レジへ向かい、自分のドリンクと二人分の料理を注文し、お金を払い、カウンターで飲み物と札を受け取って席に戻る。

「で、相談ってなに？」

よほど気になるらしく、ぐいぐい聞かれる。

内容がアレだから、話しだすのにある程度気力が必要だった。

「その……昨日、帰ってからのことなんだけど」

一度話し出せば、案外スラスラ言葉がでてくる。

凛《りん》が不調になった、と。

普段であれば受け流しただろう父さんの説教に癇癪《かんしゃく》を起こしたこと。真夜中、屋上でぼくに向かって一緒に死にたかったと言い、そして今朝は死人のような様子だったと。

一気に全て伝える。

さらに、凛がそうなったのはぼくの自殺未遂について知ったからかもしれないという推測と、父さんが帰ってくるのに凛を置いて旅行に行くのが不安なことも、しっかり伝えた。

記念すべき彼女との初めてのお泊まりデートの前日に、姉が不調だという理由でケチをつけるのもどうかと思うが、その不調ぶりが度を越えているうえ、ぼくが関わっているとなれば、言わざるを得ない。

なにより、やっぱりぼくも、誰かにこのことを吐き出してしまいたかったらしい。

だって重たい。重たすぎる。

「そういう感じなんだけど……」

話を締めると、静かに話に耳を傾けていた京子《きょうこ》が「あー……」とうめいた。

表情が硬い。

そりゃそうだ。決して、気持ちが明るくなるような話じゃなかったからな。

「そっ、かー……それは、よくないねー……」

そして無理していると一目でわかる微苦笑を浮かべて「やっちゃったー……」と唸《うな》る。

今にも頭を抱えそうなうろたえようだ。

おそらく、凛《りん》にぼくの飛び降り未遂を教えたことを悔いているんだろう。

ぼくがすでにそれを知っている旨は、一連の話に含めて伝えた。

それを話した時、京子の肩が大きく揺れたから、元々後ろめたく思っていたのかもしれない。

「ほんっと、ごめんねー……余計なこと言っちゃって……」

「いや、それはいいんだけど。京子のことだし、理由があったんでしょ?」

「あー、まー……あったっちゃあったけど、絶対言わなきゃってわけじゃなかったし、わりとカッとなって勢いで言ったとこがあるんだよな。完全に私のミスだ……」

普通に凹《へこ》んでいる。

別に責めてないんだけどな。まあ、そういう問題じゃないんだろうけど。

京子が軽く項垂《うなだ》れて、それから上目遣いにぼくを見てくる。

「……それで、衛《まもる》は……その、どうしたいの？」

どうしたい。

旅行についてだよな。

「行きたい。死ぬほど行きたい。ずっと楽しみにしてたし……でも、凛と父さんを二人きりにするのが、怖いんだよね……」

母さんは、この際勘定には入れない。

いてもいなくても一緒だからだ。事態を、悪化も好転もさせやしないだろう。

「わかるよ。おじさんに怒られた凛が、突発的に飛び降りる心配をしてるんでしょ？」

「そうなんだよ。本当にね……神経質になってるだけだとは思うけど、心配で」

気にしすぎなのは、わかる。

素知らぬ顔で旅行に行っても、きっと問題は起きない。そりゃあ、父さんとヤバい喧嘩《けんか》はするだろうけど、だからって、飛び降りたりはしないだろう。わかる。

だけど、もしかしたら、という不安は、どうしても拭えない。

今の凛からは死臭がする。大げさな表現だけど、でもそうとしか言えない。

「凛《りん》が何を考えているかわからないから、不安なんだ」

話の途中で運ばれてきたカツサンドをかじる。

からしマヨネーズが良いアクセントになっていて、おいしい。

「実の姉なのに、何も知らない。メンタルが鋼《はがね》のように強い人間だと思っていたけど、ぼくが自殺未遂しただけであんなに憔悴《しょうすい》するなんて予想外だったし、凛なりにぼくを大切にしてたのも意外すぎた」

「凛が衛《まもる》に執着してたのは、わかってたけどね」

「執着は、プラスの感情だけから生じるものじゃないし」

「それはほんとにそう」

「とにかく、凛のことがわからないから、今の状態が本当にマズいかどうかの判別すらつかないんだよ。楽観視して、帰ってきて死んでたら、シャレにならない」

言って、弱ったペットに対する心配みたいだな、と思った。

さすがに馬鹿にしすぎか？　もちろん、こっちにそんな意図はないけど。

「死んでなくても、何か取り返しのつかない問題を起こさないとも限らないし……ていうか、そっちの方が心配かも」

「取り返しのつかない問題って、たとえば？」

「えー、と…………カッとなって、父さんを鈍器で殴るとか……？」

自分の首に触れながら、言った。

感情が昂《たかぶ》りすぎて、弟の首に噛《か》み付くような女だ。あり得ないとは言い切れない。

いや、ぼくがいたところで凛を万全にケアしきれる自信はない。でも、少なくとも母さんに任せるよりは、よほどいいはずだ。

……あぁ。結局、自分は旅行には行くべきではない、と考えているんだな。

京子《きょうこ》と話していて、整理がついてきた。

ただ………言えないよなぁ。

というか、言いたくないなぁ………

どう切り出したものか、考えていたら、京子が吐息を漏らした。

「……こんな状況で旅行に行っても、楽しめないよね。また今度にする？」

助け舟だ。

顔を上げると、京子が少し疲れたような笑みを浮かべていた。

罪悪感が……

「……ごめんけど、そうしてもらえたら、助かる……」

当たり前だけど、空気が重たい。

「……ううん。私が原因みたいなもんだし、凛も心配だからね………仕方ないよ」

沈んだ空気を払拭《ふっしょく》するように、明るく言ってくれたけど、間違いなく落胆している。

京子《きょうこ》をがっかりさせてしまったことが、何よりも辛い。

「……旅館のキャンセルしよっか」

京子がスマホを取り出した。

慌てて「あ、ぼくが電話するよ」と止める。

「それと、キャンセル料もぼくに出させて」

貯金額を頭の中で計算すると、二人分、ぎりぎり出せそうだった。

だったら、せめてそれくらいはしないと、こちらの気がすまない。

でも京子は「いやいや」と苦笑した。

「大丈夫だってば」

と、そう言った京子が、すぐに何かを考えるように顔を上げる。

「どうしたの？」

「……あー……衛《まもる》は、凛《りん》とおじさんを会わせたくないんだよね？」

「そりゃまあ。でも、そんなの無理だし。だから、凛の傍《そば》にいて、ケアできないかなって」

「偉いね。今まで散々酷《ひど》い扱いされてきたのに、面倒見てあげようって思えるのは、ほんとに偉いよ」

「偉くはないよ。ぼくにも責任があるし、それになんだかんだ家族だし、仕方がない」

そう。簡単に割り切れる関係じゃない。

憎んで、恨んで、心底嫌いでも、生まれた時から一緒に生活してきて……

きっとどんな形であれ、凛との関係は、呪いのように死ぬまでついて回る。

だったら、少しでも悔いのないようにしたい。それだけだ。

「そか。じゃ、凛と行ってきたら?」

京子が言った。

……ん?

「前日ってキャンセル料もバカ高いし。だったら、凛と旅館に泊まればいいんだよ。逃げちゃえ。それがいいって。おじさん、こっちには何日いるんだっけ?」

「えっ、と……三日間だったっけ……?」

「なら、一泊二日の間に、旅館で凛を落ち着かせたげなよ。温泉入ったり、美味《おい》しいもの食べたりしてさ。それで凛の調子が戻れば、別に心配することなくなるでしょ?」

それは、やけくそじみた提案に思えた。

凛と一泊二日の旅行をしてこい、だなんて、あまりに現実味がない。

しかも、京子の予約を使って。うそだろ。

「本気で言ってる?」

「本気だよ。キャンセル料でほぼ全額取られるくらいなら、行った方がいいって。凛の分は、私が出すしさ」

あー、まー……

たしかに、良い案ではある。凛《りん》を一時的に避難させて、メンタルをケアして、回復させることができたら、その後は父さんと会わせても、別に問題ないわけで……

んー………よし。

「ありがとう。じゃあ、そうさせてもらおうかな……」

「どうぞどうぞ」

「でも、凛の分はぼくが出す。さすがにそこまで甘えられない」

だけど京子《きようこ》は「いいから」と突っぱねてきた。

「そのぶん衛《まもる》にはきっちり埋め合わせしてもらうから、気にしなくて大丈夫だって」

なるほど。意志は固そうだ。

だったらお言葉に甘えてしまおう。

「……ありがと。それじゃあ、お願いします」

頭を下げた。

京子がうん、と快く返してくれる。

「凛に引っ張られてるのか、衛もちょっとしんどそうだし、リフレッシュしてきてね」

……なんて人間ができているんだろう。

もし逆の立場だったら、果たしてぼくは、ここまで気を遣えただろうか？

この埋め合わせは、絶対しなければ。

京子の穏やかな笑顔を見ながら、そう心に誓った。

宵《よい》ケ《が》峰《みね》京《きょう》子《こ》

「――あぁりえないんすけどォッ!?」

夜、ていうか夜中、むしろ真夜中。

私は自分の部屋で、ベッドに置いたスマホに向かって叫んでいた。

「彼女との初めてのお泊まり旅行を前日にドタキャンって、それ正気じゃなくない!?」

心の奥から噴き出してくる衝動のまま、四つん這《ば》いの姿勢で天にお尻《しり》を突き出しながら、ベッドのマットをばすばす殴る。バネの反動でスマホがぴょんぴょん跳ねた。

それがなんか、また、むかつく。

「ない！　ないないないないない！　あぁりえないッ！　それはないだろマジでない！」

斜め向かいの部屋ではお母さんが寝てるのに、全然声を我慢できない。

だって感じたことない強い怒りが無限に湧《わ》いてくる。かなり無理なんだけどこれ。

頭の血管千切《ちぎ》れて死ぬって。怒りで死ねる。マジで憤死。

憤死なんて歴史漫画でしかみたことない死因だけど、全然あり得るな。

「なんッなんだあいつッ！　あぁ、あぁ！　もおぉ！　んもおぉぉ！」

どんだけ叫んでも怒りは枯れないし、むしろ叫びにつられて怒りが増してくから普通に馬鹿だけど、でも気持ちが制御できないんだからしょうがない。こんなに怒ってるの初めてかも。キレすぎてなんか逆に笑える。ごめんうそ。全然笑えないわ。くそっ！

「なあ、あともう少しだけ小さく叫べない？　うるさすぎて、音割れしそうなんだけど」

スマホから桂花《けいか》の低い声がした。

いつもは私の心を落ち着かせてくれる、マイナスイオン的なナニかが含まれてる桂花の声だけど、今は怒りがヤバすぎて全然効果ないな。

「ごめんけどムリ……！　だっ、だって私、彼氏に初めてのお泊まりデートを前日ドタキャンされたんだよ!?　やばくない!?　てかなくない!?　叫ばないと頭がどうにかなる！」

スマホを両手でひっつかんで訴えると、桂花が「まあ、まあ」ってなだめてきた。

なんか声だけで半笑い浮かべてるのがわかるな。むかつく！

「わかったから、とりあえず落ち着こうぜ。な？」

「はあ!?　落ち着け!?」

桂花に当たっても無意味だし迷惑なのもわかってるけど、ごめん、甘えさせてくれ。

「こっちは一か月以上前から計画練って、この日のために色々準備してっ……車の免許取ったり新車を納車までしたんですけど!?　私の運転で旅館まで行こうね、二日目は観光しようねって約束してっ……ここで決着つける予定だったから全力出したのに、これ⁉　はあ⁉　失敗どころか不発！　次いつ旅行できるかすらわかんないのに、マジ最悪だ、マジで最悪！」

「そう聞くと、たしかにヤバいな。彼ピとの旅行のために車買うて、張り切りすぎだろ……まあ、でも、京子《きょうこ》さんはめちゃ稼いでたし、車の一台や二台、余裕で買えるか」

桂花《けいか》が若干引いた感じで言った。や、それはちょっと語弊《ごへい》あるぞ。旅行がきっかけで車を買ったのは、まあそうなんだけど、でも旅行のためだけに車を買ったわけじゃない。どうせ車は遅かれ早かれ買わなきゃいけなかったし。

あと学費とか数年分の生活費のこと考えると、正直貯金はそんな余裕はない。

「田舎《いなか》で暮らす以上、どのみち車は絶対いるから、旅行と関係なくそのうち買ったけど⁉　タイミングはたしかにかなり早まったかもだけど！」

少し待てば無限に電車やバスがやってくる東京と違って、地元は公共交通機関が貧弱。しかもお店があちこちに点在してるから、車じゃなきゃ移動が、ていうか生活そのものが面倒なのだ。

「ふーん。あっそ。でも、一通り話を聞いた感じ、衛《まもる》くんにはあんまり責任ないし、怒っても仕方なくね？」

桂花が冷静に諭してきて、んぐっ、と黙る。

その通りすぎる。お人好しな衛が、今の病んだ凛《りん》を置きざりにして旅行に行けないのはまあ自然だ。ていうかなにより凜が病んだ原因私だし。だから仕方ない。

そう。もちろん頭じゃわかってるんだよ。どうしようもないってことは。

でも理屈と感情って、繋《つな》がる時もあれば、繋がらない時もあって、今は全然繋がってない。

こういうの、ほんとよくない。感情で生きるなんて動物じゃん。

だけど……！

「わかってても、ムカつくものはムカつくッ……！」

そういうの全部承知の上で、怒りが収まらない……！

もう何時間もこの調子。

喫茶店で衛とランチして、旅行の中止を決めてから、ずーっと怒ったまま。

衛の前では理解ある対応をしたけど、したつもりだけど、あんなの演技だ。あいつにみっともないとこ見せられない一心で、なんとか外面を取り繕《つくろ》っただけ。

でも衛と別れたら駄目だね。なんなら怒りで挙動不審になってたみたいで、家に帰ったらお母さんとおばあちゃんに心配までされたし。

私はイライラや怒りって、他人に吐き出せばある程度は軽くなるタイプなんだけど、でも母さんたちには衛のこと詳しく言えないから、それができない。

発散できないムカつきは私の腹の中でぐつぐつ煮えて、育ってった。

寝たら少しは気持ちもリセットできるかなって、夜になったらすぐベッドに入ったけど、旅行を中止するって言った瞬間の、衛《まもる》の顔がふわっと浮かぶ。これがマジで消えねぇ。

さらにイライラが膨らむ。

何時間かゴロゴロ転がってたけど、そんな精神状態で眠れるわけない。

で、気づけばいつものように桂花《けいか》に電話してた。

メンヘラか？　しかも真夜中だから桂花、普通に寝てたし。

でも、桂花は私の話を聞いてくれて……今に至る。

ちなみに、経緯を説明した時に、衛の自殺未遂関係だけはぼかした。

私が口を滑らせて凛《りん》にそれを伝えたことが、この問題の原因なわけで、さすがにもう誰にも言えない。そもそもこれ、センシティブな話だし。くっそ。凛にも言うんじゃなかった……！

ほんと反省してる。

まあそれでもムカつくものはムカつくんだけど。

桂花が「あー……うん」って相槌《あいづち》を打った。

「頭じゃ受け入れていても、感情が納得してくれないなら、どうしようもないな。わかるわ。私もそういうの、たまにあるし」

「だよね!?」

「あぁ……そう思えば、むしろ京子《きょうこ》は十分頑張ってるよな。衛くんの前では我慢して、おとなしく身を引いたんだから。衛くんも感謝してるだろうし、それはきっと復讐《ふくしゅう》の足しになるはずだ。旅行に行けないのは残念だけど、マイナスだけじゃない」

「……急にどうした？」

豹変《ひょうへん》みたいな変わり身に、思わず冷静に突っ込んだ。

「いや、気持ちがわかるから、普通に慰めてるだけだけど」

「あぁ、そりゃどーも」

桂花の言葉が本心かはわかんないけど、悪い気はしない。

ちょっとだけ、ほんとにちょっとだけ、気分が落ち着いてくる。

鬱憤を追い出すみたいに肺の中身を吐き出した。

まだまだムカついてるけど、ここまで気を遣われたら、もう喚《わめ》き散らせないな。

……十分手遅れな気はするけど。

「……少し落ち着いてきたわ」

「よかった。愚痴《ぐち》ならいくらでも聞くから、気が済むまで話せよ」

桂花が軽い調子で言う。

夜中に叩き起こされて、強めの愚痴を聞かされたのにこの対応って、人格者か神だろ。

「ほんとありがと。でも、もう大丈夫だよ」

スマホを見たら、なんだかんだ二十分以上愚痴ってた。そりゃ多少すっきりもするわ。

「そーか。けど意外だよな」

「なにが」

「衛《まもる》くんが、あの姉を心配してるのが。だって、かなり嫌ってただろ」

「そうだね、嫌ってた。ていうか、多分まだ普通に嫌ってるよ」

「なのに、彼女との旅行ドタキャンしてまで面倒みるのか」

「お人よしなんだよ。要《い》らない責任感じてさぁ……」

正直私は、衛が凛《りん》に責任を感じる必要なんかまったくないって思ってる。

でもあいつはそうは思わないんだよな。

「にしても、あの姉と二人きりで旅行か」

「私が勧めといてなんだけど、ヤバいよね。どんな空気になるか想像つかないな」

「てか元々衛くんにＤＶするような女だし、二人きりはちょっと心配だよな」

「あ」

たしかに……

私も衛も、凛の不安定さが自傷やおじさんへの暴力に繋《つな》がることしか考えてなかった。いや、衛の飛び降りがショックで病んだ以上は、凛が衛に当たるとはあんま思えないけど……

でも不安になってくる。

衛も前と比べたら心が強くなって、凛にもそれなりに反抗できるようになったけど、でもたとえば夜中、凛が変な気を起こして、寝ている無防備な衛を襲う……あっ、もちろん暴力的な意味でね、とにかく、襲うかもしれないし、そうなると抵抗すらできない。

「……やっぱ止めた方が良いかな……」

「ここで止めたら印象悪くなるだろうし、手遅れだろ」

「だよねー……」

ま、こういうのって大体杞憂《きゆう》で終わる。

きっと大丈夫。

そう、自分に言い聞かせた。

三話

森《もり》崎《さき》衛《まもる》

Mamorukun to ai ga omotai syoujotachi

夕方ごろに、喫茶店で京子《きょうこ》と別れた。

特に用事もないので、寄り道せずおとなしく家に帰ることにする。

家路を一人で歩いていたら、どこかの家から夕飯を仕込む匂いが流れてきた。

理由は説明できないけど、夕方のこの寂しい匂いが、なんとなく好きだ。

些細《ささい》なことだけど、旅行の中止で底に沈んでいた気分が、ほんのわずかに浮上する。

「ただいまー……」

とぼとぼ歩くうちに、マンションまで辿《たど》り着いた。

玄関で靴を脱いで、廊下の奥、凛《りん》の部屋を見る。

扉は固く閉ざされているが、凛はあの中にいるのだろうか？

それとも……

淡い希望を込めてリビングに入る。けれど予想は裏切られず、凛の姿はなかった。残念。

「あら……」

ソファに座ってテレビを見ていた母さんが、ぼくに気づいて振り向いた。流れているのは夕方のニュース番組で、お盆の帰省ラッシュについて特集が組まれている。どうやら、明日と明後日《あさって》が下りのピークらしい。父さんも明日、新幹線に乗って帰ってくるんだよな。考えただけで気が滅入る。

明日、凛を無事にこの家から逃がせられたらいいんだけど。

「今日はちゃんと帰ってきたのね」

「うん。凛は部屋？」

聞くと、母さんがため息をついた。

「朝からずっと引きこもってる。ご飯も食べてないのよ」

「え、一食も？」

「そう、一食も」

「……もしかして、一度も出てきてない？」

「そうなの。ドアの前にお昼ご飯を置いておいたのに、取りすらしなかったんだから」

朝の、あの死人みたいな調子のままなのか？　あわよくば、少しは復調していないかな、と思っていたが、やはりこの短時間じゃ、そう上手《うま》くはいかない。

「……ちょっと様子を見てこようかな」

言うと、母さんが意外そうな顔をした。

「それなら、夕飯くらい食べるように言ってくれる？」

「ん、わかった」

頷《うなず》き、リビングから出た。

あえて近づいていることを知らせるために、廊下を踏みしめて、凛《りん》の部屋の前に立つ。

ゆっくりノックして「凛、ぼくだけど」と声をかけた。

返事はない。期待していなかったから、別にそこはどうでもいい。

開けるよ、と伝えて、数秒待っても返事がないことを確認して、扉を開いた。

部屋はカーテンが閉めきられていて薄暗い。朝のままだ。何も変わっていない。

凛も変わらずベッドの上に横たわり、天井を眺めている。

まだ眠れていないようで、隈《くま》は濃く、顔色も最悪だ。

「凛。お腹《なか》減らないの？」

凛がぼくを見た。

「……食べたら吐く」

かすれた返事があって、少し驚く。無視されるだろうと思っていた。

少し迷って、ベッドの傍《そば》に座る。ラグが敷いてあるので、床だけど別に痛くはない。

「そっか。じゃあ、夕飯も無理だね」

「…………死にたいくらい、最悪の気分だわ」

少しだけ間を置いて、凛が言った。

比喩とはいえ、凛の口から「死」という言葉が出てきたことに、軽く不安を覚える。

いや、本当に凛が死ぬなんて思わないけど、雰囲気があまりに重いからな……

「あのさ。勘違いかもしれないけど、凛が不調なのって、ぼくが……」

「出てって」凛がぼくを遮った。「今は、その話、したくない」

そして、片腕で自分の目を覆い、視界を塞《ふさ》いでしまう。

しまったな。話のとっかかりにしようとした内容がよくなかった。

もう余計なことは言わず、本題に入ってしまおう。

「……凛」

返事はない。

だけど続ける。

「明日から、二人で、旅行に行かない……？」

口にするのは、怖かった。自分でも、変なことを言っていることくらい、わかる。

顔を覆っていた凛が、腕をどかしてぼくを見た。

信じられない、という容赦《ようしゃ》のない目線が、ぼくの気力を一気に削《そ》いでくる。

顔色の悪さも相まって、圧がかなり強い。

「旅行……？」

「うん。一泊二日で、山口の温泉に」

「……意味がわからない。なんでよ」

至極真っ当な疑問だ。さて、どうするか。今の弱った凛《りん》を、怒りくるう父さんと会わせたくないから……なんて素直に説明すれば、間違いなく反発されるだろう。

だからって、ただ凛と二人で旅行に行きたいから、と言っても信じてもらえないだろうし。

困ったな………あ、そうだ。

「実は京子《きょうこ》と行く予定だったんだけど、向こうの予定が合わなくなってさ。直前だから、キャンセル料高いし、だったら凛と行けば……」

「ふざけんなよ」

凛の顔が険《けわ》しくなった。

「え？」

「私に、あの女の代わりになれって、あんた、どれだけ残酷なのよ……」

あっ……やってしまった。そうか、少し考えればわかったのに。よりによって、京子を心底嫌っている凛に「京子の代わり」になれだなんて、そりゃあ嫌がられて当然だ。

「誰がそんな旅行になんて行くか」

吐き捨てられた。

「……あの、ごめん。でも、凛を京子の代わりにするつもりは、本当になくて」

「悪いけど、しばらくはあんたのそばにいたくない。耐えられない」

言葉を失った。これ以上の拒絶の言葉は、そうないだろう。

何も言えないぼくに、凛が目を閉じて、部屋に沈黙が満ちる……くそ、なんだよ。

ぼくだって、別に……好き好んで凛と出歩きたくなんてない。

そんな言葉が喉元《のど》までせりあがった。でもすんでのところで呑《の》み込む。

これ以上失言したら、取り返しがつかなくなる。

だけど、どうすればこの意固地な凛を説得できる？

凛はぼくを追い出そうとまではしないけど、口を開こうともしない。対するぼくも、何を言えばいいのかわからなくて……何も思いつかないまま、無為に時間が過ぎていく。

仕方ない。仕切り直しが必要だ。一旦《いったん》、出直そう。

「……じゃ、仕方ないか。でも……できたら、夕飯は食べてね」

立ち上がり、動かない凛に声をかけて、部屋を後にした。

扉を閉めて、肩を落とす。

凛をこの家から逃がさなきゃいけないのに、手痛いミスを犯してしまった。

どうすれば挽回《ばんかい》できるだろう。

凛に、一緒に旅行に行ってもらえるような、いい方法は……

人生で初めて、一晩中凜《りん》について考えた。

夕飯を食べている時も、風呂に入っている時も、ベッドに入ってからも、ずっと、どうすれば凜を説得できるかを……そのために、凜そのものについて、真剣に考えた。

そして改めて、自分が実の姉について、よくわかっていなかったと思い知らされる。

そりゃそうだ。凜のことなんて考えるだけ無駄だと、思考停止して生きてきたんだから。

だけど、それでも、表面的な付き合いしかしてこなかったとはいえ、十数年同じ家で生活をしてきたわけで、一つだけ、こうすれば説得できるんじゃないか？　という案が思い浮かぶ。

でも……気が進まない。少し前の自分なら、絶対にやらなかったであろう手段だ。

……まあ、やるしかないんだけど。

それ以外の案は思いつかないし。

嫌だけど、仕方がない。

そう決意を固めて……明日、万全の状態で案を実行するために眠りについた。

◆

凜は基本的にぼくへの当たりが強く、また、極めて支配的だ。

けれどある条件の時だけ、異様に優しくなることがある。

女装だ。

凛は、ぼくが女装をすれば、普段の性根の悪さが嘘《うそ》のように甘ったるくなる。猫なで声でぼくを褒め、愛を囁《ささや》き、日頃の行いの許しを請うてくるし、さらには慈しむように触れて、溶けあいたいかのように強く抱き着いてまでくるのだ。

何故そうなるのかは、知らない。

繰り返すが、ぼくは凛の内面の理解を放棄し、何も考えてこなかった。

ただ、事実としてぼくの中性的な外見を気に入っている旨は常々口にしていたし、ぼくが女であれば良かったのに、ともたびたび言っていた。

しかし一方で、妹が欲しいという言葉を聞いたことは、一度もない。

つまり、妹自体に興味はないが、ぼくには女になってほしいらしい。

倒錯した願望だ。深く理解する気にはとてもなれない。

だが、今となっては、その倒錯した嗜好《しこう》を利用するしか手がなかった。


早朝、セットしていたスマホのタイマーで目を覚ました。

五時半だ。学校がある日よりも、ずいぶん早い起床になる。

まだ寝ているだろう母さんを起こさないよう、音を殺しながら凛の部屋に向かう。

控えめにノックし、返事がないことを確認してドアを開いた。

凛《りん》がベッドに横になり、目を閉じていた。胸が静かに上下している。

もしかして、ようやく眠れたのか?

だとすれば、とても起こせないな……申し訳なさすぎる。

一応、本当に寝ているのか確認しようと近づく。

「……なによ」

凛の目がゆっくり開いた。どうやら普通に起きていたらしい。

相変わらず隈《くま》が濃いな。顔色も蒼白なままだし、声もがらがらだ。

まったく回復していない。

「寝るの、邪魔してゴメン。その……」

凛の傍《かたわ》らに立ち、耳元に顔を寄せた。

よし……言うぞ……

「……女装……ぼくに、女装、してほしくて」

そのたった一言を口にするために、膨大な気力を消費した。

ぼくは女装が嫌いだ。大嫌いだ。

女装した自分の姿を見ると、反吐《へど》が出そうになる。

男性っぽさからかけ離れた、線が細く中性的な自分の容姿が苦手だったから、それを強調する女装なんか、好きになれるわけがない。

本当に嫌いだったんだ。自分も。女装も。

だけど、京子《きょうこ》と付き合いだして、少しだけ自分を好きになれたから。

女装も……嫌だけど、我慢できるようには、なった。

「……は？」

凛が驚いたように目を見開く。

よっぽど信じられなかったんだろう。

凛は、ぼくが嫌がっていることを知っていながら、女装を強要していた。

そして……これは予想だけど、ぼくの自殺未遂に、その女装の強要が少なからず絡んでいると思っていたんだろう。それは正しい。

当時のぼくの心境はごちゃごちゃしすぎていて、自分でもはっきりと言葉で表せないけど、それでも女装が相当な負担になっていたことは間違いない。

凛が驚くのも当然だ。

「してくれないの？」

ぼくを凝視《ぎょうし》して何も言わない凛に、催促する。

一度口にしてしまえば、抵抗はほとんどなくなった。

「なんでよ。あんた、女装、死ぬほど嫌がってたじゃない」

以前の凛なら絶対に言わないだろう言葉だ。

「嫌いだよ。でも、女装すれば、一緒にいても嫌じゃないでしょ？」

「女装したあんたと、旅行に行けって？」

「そう。だから、とびきり可愛くしてね」

やけくそ気味に言った。

迷うように、凛《りん》の黒目が揺れる。

言うべきことは言った。あとは待つだけだ。

「……わかった」

しばらくして、凛がゆっくり上体を起こした。

そして、油が切れた機械の人形のように、ぎちぎちとベッドから立ち上がり、クローゼットへ向かう。両開きの戸を開く。中には、女物の服が大量に吊《つ》るされていた。

その大半に見覚えがある。どれも、ぼくのサイズに合わせたものだ。

逆に凛の服が見当たらないが、わざわざ別の場所に収納しているのだろうか？

凛が振り向き、ぼくを見た。

「そこまで言うなら、女装したうえで、一緒に行ってやる」

……よかった。予想以上にすんなりいった。効果覿面《てきめん》だ。

ぼくを女装させることへの執着の強さはやはり恐ろしくもあるが、今回ばかりは助かる。

「開けるよ」

気持ちを切り替えるために、カーテンを開いて部屋に光を取り込む。

真夏だから、この時間でも外はすでにある程度明るい。

照らされた室内は整頓されていた。

内装に飾り気がなく、あまり女性的な部屋とはいえない。というか、個性もない。勉強机があり、ベッドがあり、タンスや本棚があり、姿見があり、ノートパソコンとタブレットがある。

それ以外に特筆するような点は……まあ、クローゼットの中の女装道具ぐらいか。

ぱっとこの部屋を見て、凛のパーソナリティを推し量るのは中々に難しい。

凛が机の上に、化粧道具が入った小箱を置いた。

さらに、ウィッグやネットなど、女装に必要なものを次々並べていく。

「衛《まもる》」

一通り道具を並べ終えた凛が、ぎょろっとした目でぼくを見た。

やつれている。陽の強い明かりに照らされると、その消耗具合が浮き彫りになる。

たった数日でこの変調は、病的だ。

「どういう感じに、仕上げてほしい？」

「え？」

驚いて声が出た。

今まで凛は、自分のやりたいようにぼくを女装させてきた。どれだけ屈辱的な格好だろうと、拒否などさせてもらえず、逆らえば叩かれることさえあった。

今は色々思うところがあって、要望があるかを聞いてくれたんだろうけど……調子がくるう。

「凛《りん》の好きなようにしてよ」

考えてみたけど、してほしいメイクなんかなかったから、すべて委ねることにした。

「あっそ。じゃ、座って」

勉強机の椅子《いす》を勧められ、腰を下ろす。

「準備は?」

「まだ何もしてない」

「そう」

凛が机の上に並べた何本かのボトルのうちの一本を手に取り、中身を手のひらに出した。

化粧液だ。他のボトルは、乳液や化粧下地だろう。

凛が躊躇《ちゆうちょ》したように止まる。だけどすぐ、ぼくの顔に化粧液を塗りつけてきた。

手つきが、普段と比べたら少しだけ優しい。

化粧液は凛の手の熱で温められていて、ちょうどいい温度だ。

そのまま、乳液や下地で丁寧《ていねい》に肌を整えられて、準備が終わる。

続いて、凛が箱からファンデーションとブラシを取り出した。

「始めるから」

頷《うなず》き、目を閉じて、凛が作業しやすいように「ん」と軽く顎《あご》を上げた。
数秒の静寂。
何も見えない中、ブラシが頬《ほお》に触れた。
凛がぼくの肌に、ファンデーションを塗り広げていく。
自分が女性に作り変えられていくこの感覚が、とにかく嫌いだった。
今も複雑な気分ではあるけど……ただ、前とは違って、まだ割り切れそうだ。
「動いたら……」
ファンデーションの工程が終わり、凛が言った。
その後に続く言葉は、殺す、だ。聞かなくてもわかる。
『動いたら殺す。余計な口をきいても殺す』
それは、アイライナーで目元にラインを引く前の、お決まりの合図だった。
凛にとって女装で最も重要なのはアイラインで、だから限界まで集中したいらしい。
その言葉に逆らえば、本当に酷《ひど》い目に遭わされた。
だけど凛は、言葉を途中で止めてしまう。
どうしたんだろう。そう思っていたら。
「……いや。動かないで。集中するから」
そんな言葉が返ってくる。

もしかすれば、ぼくに「殺す」と告げることに抵抗が生まれたのかもしれない。

ぼくの自殺未遂が、本当にショックだったんだな。

あの凛《りん》が、何年も欠かさず続けてきた決まり文句を封じるなんて、よっぽどだ。

まあいい。無言で頷《うなず》くと、凛がライナーを走らせた。

やがて……顔の工程が、全て完了する。

頭にネットをかぶせられた。

ゆっくり目を開ける。凛が、濃い茶色のウィッグを持っていた。

ネットで髪をまとめた頭に、それを乗せられ、さらに固定される。

「……できた」

ぼくにウィッグをかぶせた体勢のまま、凛が至近距離で見つめてくる。

それを無言で見つめ返すと、凛が顔をクシャッと崩して、おそるおそる、抱き着いてきた。

「……可愛い。すごく、可愛い……」

顔を肩に埋められて、ささやかれた。

「好き……」

女装後にいつも発する、甘ったるい声とは違う、切実な色が濃く出た声だった。

回された腕の力は、弱い。まるで割れ物でも扱っているかのような繊細さだ。

「ごめんなさい……」

凛《りん》が謝った。でも、それは一体、何に対する謝罪だろう?

説明をしないまま、凛は黙ってしまう。

抽象的な謝罪は、きっと一つの物事だけを指してはいない。

多くの意味が込められていたんだろうな。

天井を仰《あお》ぐ。

葛藤《かっとう》があった。

だって、凛の今までの仕打ちは、謝罪一つで許されるようなものじゃない。

なによりぼく自身、そう簡単には凛を許したくない。

でも、今だけは、呑《の》み込まなければならないのだろう。

「いいよ」

凛の腰に腕をゆるく回して、絞り出すように告げた。

具体的になにを許す、とは言わず、ただ謝罪を受け入れる。

凛が肩に顔を埋めたまま、熱を帯びた吐息を漏らした。

それは、ぼくの腹の上にとろりと落ちる。

「ねえ、衛《まもる》……?」

「なに?」

「好き……愛してる。本当に……」

「……うん」

　それは、女装した時に決まってかけられていた言葉だ。前は、粘着質で、体に絡みついてくるような声音《こわね》だったけど、今は、まるで懺悔《ざんげ》でもされているかのように聞こえた。

　出発前に、凛がシャワーを浴びたいと言い出したので、その間に女物の洋服に着替え、簡単にだけど二人分の荷造りを済ませておいた。

　凛から渡された服は、ふりふりでガーリーなワンピースだった。

　薄いピンクベースで、首元にラベンダー色のリボンがあしらわれている。偏見だが、パステル調が少し地雷っぽい。まあメイクが普通だから、凛にそういう意図はなさそうだけど。

　肩にはフリルが多めにあしらわれていて、それがぼくの男の骨格を上手《うま》く誤魔化《ごまか》していた。さすがだな。その辺考えて服を買っているんだろう。抜かりがない。

「変わったわね」

　姿見の前で全身を細かくチェックしていたら、声をかけられた。

　風呂から上がってきて、勉強机で化粧をしていた凛が、横目にぼくを見ていた。

「はい？」

「前は、自分の女装姿を目に入れるのも嫌がってたでしょ」

「あぁ」

そうだ。女装をすれば、自分の中性的な容姿が強調される。

自分のことを心底嫌っていた頃は、とにかくそれが耐えられなかった。

「前より自分を好きになれたから、女装した自分にも耐性ができたのかも」

「……京子《きようこ》と付き合いだしたことが関係してんの？」

その通りだ。京子がぼくの何もかもを受け入れてくれたから、ようやく、ぼくも自分のことを認められるようになった。

「まあね」

凛《りん》は何も言わなかった。少しだけ、機嫌を損ねたようにも見えるが、それだけだった。

以前であれば、こんなことを言えば、摑《つか》みかかられ、発言の撤回を求められていただろう。下手《へた》すれば殴られてたかもしれない。

寛容すぎる。今の凛は、まるで凛の皮をかぶった他人のようだ。

「……終わったわよ」

化粧が終わったのか、凛が立ち上がった。

メイクで顔色と隈《くま》をうまく誤魔化《ごまか》している。だが、窓から差し込む陽光に当たった箇所は、化粧の下の不健康な肌が透けて見えた。仕方がない。これでも相当健闘している。

ちなみに凛はカジュアルなパンツコーデだ。

モノトーンな配色といい、ぼくとは対照的な格好といえる。

水と油。そんな単語が頭に浮かんだ。

「じゃあ、行こう」

小さめのボストンバッグを掴み、凛を促す。一応、バッグには二人分の荷物を詰めてあるけど、母さんの起床前に出発したくて、最低限の用意しかしていない。

足りないものがあれば、現地で買うつもりだ。

母さんがまだ寝ていることを確認して、二人で家を出た。

◆

元々の予定では、旅館には京子の車で向かうつもりだった。

納車したばかりの白いＳＵＶに初心者マークを貼り、高速道路を使いつつ、山口までドライブを楽しむ。そして旅館でゆっくり過ごして、翌日に近場の観光地を巡り、帰る……

そういう予定だった。

けれど京子は凛に枠を譲り、不参加に。

そうなると、公共交通機関で移動するしかない。車を出せなんて、口が裂けても言えないし。

家を出たあと、近場のコンビニで飲み物を買って駐車場の隅で喉《のど》を潤しつつ、乗り換え検索サイトを参考にしながらルートを決めた。

まずは在来線で福岡へ向かう。博多駅《はかた》についたら、新幹線に乗り換えて新山口駅へ。さらにそこでバスに乗れば、目当ての旅館まで辿《たど》り着けそうだった。

手持ちが心許《こころもと》ないので、青春十八切符でのんびり山口へ向かうのはどうだろう、とも提案したが、調べたら七時間以上かかりそうで、凛《りん》に普通に却下された。

「そんなに金がないなら、新幹線代くらい立て替えてやるわよ」

凛は手持ちに随分余裕があるらしい。

我が家は模試の結果で小遣いの額が決まる。凛の成績を考えれば、ぼくの数倍は貰《もら》っていなければおかしい。そりゃ余裕があるはずだ。

とにかく、その経済力で交通費を立て替えてくれるらしいので、素直に甘えることにした。少しずつ返していこう。

まずは博多駅だ。

最寄り駅に向かい、ここは自分のＩＣカードで改札を通った。

ホームへの階段を上っていると、間もなく電車が到着するというアナウンスが流れてくる。

「ちょうどよかった」

「そうね」

到着した電車は、意外と空いていた。ここが始発駅の次の駅だからだろう。

座席の端に座ると、凛が隣に腰を下ろした。ぎりぎり、肩や足は触れていない。

近いな。まあいい。詰めた方が、他の乗客のためになる。

ほどなく発車し、窓の外の景色が流れていった。

基本的に、ぼくらが福岡へ行く時は、バスを使う。電車より運賃が少し安いのに、到着時間がほぼ変わらないからだ。個人的に、電車より快適に感じるところも大きい。

だから、こうして電車で福岡へ向かうのが、少し新鮮だった。

「……私ら、周りにはどう見えるんだろ」

駅を二つ過ぎた辺りで、凛が言った。

車内に乗客が増え始めていた。なのに、おかしいな。

感覚がマヒしているのか、女装姿でいることに関して、あまり羞恥《しゅうち》を感じない。

「少なくとも、姉弟には見えないだろうね。あと、姉妹にも」

ぼくらはあまり似ていない。共に顔を褒められることは多いけど、凛は父さん、ぼくは母さんの血が濃く、顔立ちの方向性がまるで違う。

「じゃあ何に見えるのよ」

「普通に友達とかじゃないの」

「まあ、無難にその辺か」

……あれ？　なんか今、ぼく、凛と自然に雑談できてる……？

驚きだ。ここ数年、凛と穏やかに話せた記憶すらないのに、まさか、生きているうちにこんな日が来るなんて。

それにしても、いつからぼくらはこんな関係になったんだったか。昔は、今よりいくらか健全な仲だった気もするけど……いや、どうだろう。わからない。ただ、少なくともぼくが中学に上がった頃には、すでに今と大差ない感じになっていたはずだ。

生まれた時からこんな感じだったとは思いたくないが……ん？

つらつら記憶を探っていたら、凛《りん》が、ぼくの手に、手を重ねてきた。

そのまま、長い指でぎゅっと手を握り込まれる。

「え、なに？」

聞くと、凛がちらっとぼくを見た。

「……駄目なわけ？」

拗《す》ねたような声だ。

「駄目じゃないけど……」

女装中、凛にベタベタされるのはいつものことだから、今更手を重ねられるくらい、なんてことはない。ただしそれは、ここが公共の場でなければの話だ。

「でも、少し恥ずかしいし」

「なんでよ。女友達同士で手を繋《つな》ぐなんて、よくあることでしょ」

「いや、傍からみればぼくらは女友達に見えるかもしれないけど、実際は違うし」

「……恥は、自分が他人からどう見られるか、自意識の問題でしょ。実際どうなのかは関係ないじゃない。てかあんた、京子《きょうこ》とは人前で手を繋がないわけ？」

「繋ぐけど」

「だったら、別に問題ないじゃない」

反論しにくいな。

とてもじゃないけど、今の凛に「京子はよくて、凛は駄目」とは言えない。

まあ、いいか。凛を落ち着かせるためにも、要求は極力受け入れよう。

「それもそうだね」と頷《うなず》くと、凛がぼくの手を握ったまま、前を向いた。

窓の外では、田舎《いなか》の町が流れている。

穏やかだな。

……今ならいけるかもしれない。

「ねえ。一ついい？」

ずっと見ないようにしていたことを、聞こう。

「なによ」

「凛は、ぼくのことをどう思ってるの？」

凛が、無言で手をさらに強く握り込んできた。

少し痛い。だけど抵抗せずに、じっと凛の目を見つめ続けた。

凛《りん》は迷っているようだったけど、やがて観念したのか口を開いた。

「……さっきも言ったけど、好きよ。本当に、大好き……」

あぁ、たしかに聞いた。というか、今日に限らず、女装した時は決まってそう言われてきた。

もしかすれば、それは正しいのかもしれない。

でも、そうだとすれば、おかしいこともある。

だったらなんで、凛はぼくにあんなひどい仕打ちをしてきたんだ？

あれらは、決して好意を向ける人間にやるようなことじゃなかった。

特に、女装をしていない時のぼくへの当たりの強さは、悪意に塗《まみ》れていたとさえ思う。

「それは、女装していない時のぼくも含めて？」

「当たり前じゃない」

言い切られた。ますます理解が遠のく。

「……そもそも、どうしてぼくを女装させたがるの？」

ずっと疑問に思っていたことを聞いた。

なぜ、凛はぼくが女であったらと望んでいるんだろう？

「……それは、言いたくない」

まさかの拒否だ。にべもない。

「……そっか」

しかし……言いたくない、か。

やはり、特別な理由がありそうだ。

それが何かは、さっぱりわからないが。

困ったな。これ以上考えたところで、根拠のない妄想じみた推測しか思いつきそうにない。

まあ……そう焦らなくてもいいか。

手の甲に感じる凛の熱を意識しながら、そう自分に言い聞かせた。


博多《はかた》駅には八時を過ぎたころに到着した。

もちろん、夜ではなく朝の八時だ。出発が早かったから、到着も早い。

帰省ラッシュということで、駅は人でごった返していた。

元々利用者が多い駅だけど、今日は桁《けた》が違う。

「ここで少し時間を潰《つぶ》していくよね？」

「そうね……」

旅館のチェックインは三時以降で、ここから宿までは、諸々含めても三時間弱で着く。

今から山口行きの新幹線に乗ったら、チェックインまで時間を持て余すだろう。

もちろん新山口駅周辺をぶらついても良いんだけど、向こうに何があるかわからないから、山ほど店がある博多駅で時間を潰した方が安全だろう。昼飯を食べて、新幹線に乗ればちょうどよさそうだ。

いずれにせよ、まずは新幹線のチケットを確保しなければ。

売り場へ行くと、みどりの窓口には長蛇の列ができていた。

当然のように、券売機にもかなり人が並んでいる。

「券、買えると思う?」

「自由席なら余裕でしょ。上り方面だし、思ってるほどは混んでないんじゃないの?」

たしかに。座れるかどうかはともかく、チケットは買えるか。

券売機の最後尾に並ぶと、台数が多いこともあって流れが速く、二十分ほどで確保できた。

想像よりスムーズに済んでよかった。

「じゃあ、カフェでも行こうか」

凛《りん》の疲労を考え、駅ビルを冷やかしたりはせず、目についたカフェで過ごすことにした。

運よくテーブル席が空いていたから、凛を先に座らせて、レジへ向かう。

声を聞かれたくなかったので、小声でメニューを指差して乗り切った。

「ねえ。もし眠れそうなら、寝たら?」

気だるそうな凛の前にココアを置きながら、言ってみる。

凛が少し不機嫌そうにぼくを見た。

「無理よ。家で眠れないのに、こんなところじゃ、もっと無理だろ……」

もっともすぎる。

そこからぽつぽつ雑談したり、スマホを弄《いじ》ったりして時間を潰《つぶ》す。

正午を回った辺りで、昼飯を食べるためにカフェを出た。

駅には飲食店が密集した区画がいくつかあるけど、当たり前のようにどこも混んでいた。

もう少し時間をずらすべきだったか。

人にぶつからないよう進んでいると、背後を歩いていた凛に、手を掴《つか》まれた。

「……はぐれるかもしれないから」

たしかに、手は繋《つな》いでいた方がいいかもしれない。

今の凛は、少し目を離せば、知らぬ間に人波に呑《の》まれて消えてしまいそうだ。

京子《きょうこ》とやるような、指を絡めるそれとは違う、親子がするような手を重ねるだけの優しい繋ぎ方で、強く握り返した。

凛から、息を呑んだような、驚いた気配があった。

だけどこの状況だ。見間違い、あるいは気のせいかもしれない。

人混みの中、握り締めた凛の手を強く引いて、歩く。

普段とは立場が逆転しているような気がした。

「……凛」

「えっ、な、なに？」

「何か食べられそうなものはある?」

「お、重たすぎなかったら、なんでも…………いい……」

「そっか。うどんは?」

福岡のうどんは、香川などのそれと違って麺がとてもやわらかい。下手《へた》すれば歯茎だけで嚙《か》み切れる。きっと胃にも優しいだろうし、今の凜《りん》にはうってつけに違いない。

「大丈夫だけど……」

そんなわけで、妙におとなしくなった凜と、福岡の有名なうどんチェーン店に向かう。

案の定、店は客であふれていた。だけど回転も速いから、あまり並ばずに入れる。

凜は素うどんの小盛りを、ぼくはごぼう天うどんの並を頼んだ。

「……あぁ。ちょっと気持ち悪いけど、これならいけるな……」

うどんを一口すすって、凜が安心したように言った。

優しい味付けに、腰がまるでない麺の組み合わせは、かなり食べやすい。

「ごちそうさまでした」

それなりに時間はかかったが、凜が無事に完食した。ぼくは言わずもがなだ。

「じゃあ、行こうか」

その頃には、乗ろうとしている新幹線の時刻が迫っていた。自由席だから乗り遅れても問題はないけどね。本数も多いからリカバリーだって容易だし。慌てる必要は全然ない。

どちらからともなく手を繋《つな》いで、新幹線乗り場へ向かう。

改札を通り、ホームに上がると、やはり人が多かった。新幹線がまだ到着していないにもかかわらず、長い列ができている。確実に座席を確保したかったから、一本遅らせることにした。

のぞみからこだまに変わって各駅停車になるけど、仕方ない。

しばらく待ち、やってきた新幹線に乗る。

列の先頭だったので、難なく二人掛けの席を確保できた。

それからあっという間に全席埋まって、数人座席にあぶれて通路に立つ人たちが出てくる。

ずらしてよかった。

あとは、一時間弱座っていれば山口に着く。

発車し、なんとなくスマホを取り出すと、母さんから着信が数件きていた。

「……うわ。母さんからめっちゃ連絡きてる」

多分ぼくだけなら放置されていただろうけど、凛を連れ出しているからな。

あの母さんでも、さすがに焦ったか。

「でしょうね」

凛が窓の外を眺めながら相槌《あいづち》を打った。

無視しても良かったが、警察に相談でもされたら大変だ。一応連絡しておくか。

「凛と旅行に行きます、明日の夕方には帰ります、って送ればいいかな？」

「いいんじゃないの」

凛《りん》も賛同したことだし、ラインでそれだけ送り、ミュートにした。

あとはもう知らない。

間違いなく、明日帰ってから大変なことになるけど、そういう余計なことから凛を遠ざけるための旅行だ。それに、旅行中に凛が回復してくれたら、母さんも父さんも一人で返り討ちにするだろう。成績だってそう遠くないうちに元に戻るはずだ。

そしたら父さんがやかましく文句を言う理由もなくなる。

逆にいえば、回復してくれなければ、ぼくが矢面に立たなきゃいけなくなるけど。

そういったある種現実的な問題を考えると、気分が悪くなってくる。

けど、いざとなれば、やらなきゃならない。

だって自分で蒔《ま》いた種なんだから。

◆

新山口駅でバスに乗り、目的の温泉地に辿《たど》り着いた。

駅からかかった時間は、ぴったり一時間。

到着したバス停は、なんというか、山だった。

流れる川の両岸には旅館やホテルが立ち並び、観光客向けとおぼしき雰囲気のある店もちらほらあって、部分的にはにぎやかだけど、少し外れると途端に緑に覆われる。

バスに乗って景色を眺めていた時も、山だなー……という感想が主だったし。

まあ、これくらい自然に囲まれていた方が、気も休まるだろう。

ちなみに、バス停から旅館までは少しだけ距離があって、歩かなきゃいけない。タクシーを呼ぶという手もあるにはあるが、あいにくぼくらはお金に余裕がない。

日差しは強いし気温も高いけど、凛が我慢できるというので、歩くことにした。

できるだけ陰の下を進んでいたら、凛が無言で手を繋《つな》いできた。

あれ？　と思って見上げれば、素知らぬ顔で前を向いている。

今は人混みもないし、手を繋ぐ必要はないんだけど……まあ、いいか。

今更拒否して機嫌を損ねるのも馬鹿らしい。

無言で歩きつつ、改めて、今のぼくらが第三者の目にどう映るのか疑問に思った。

さっきは、友達に見えるんじゃないかと凛に言ったけど……

ガーリーでふりふりなぼくと、フェミニンでしゅっとした凛。

そんな正反対な二人が、温泉地で手を繋ぎ、歩いている。

客観的にどう取られるかが、さっぱりわからない……いやまあ、どうでもいいか。

どうせ誰も、ぼくらを知らない。知らない人間には、どう思われてもかまわない。

鈍感な方が、きっと生きやすい。

「ずっと昔」

片手で凛《りん》の手を、もう片手でバッグを掴《つか》みながら、宿までの道のりを頭の中で確かめていたら、凛が口を開いた。

「こんなふうに、あんたと手を繋《つな》いで歩いたことがあったわね」

何かを丁寧《ていねい》に確認しながら話しているような、ぽつりぽつりとした口ぶりだ。

でもぼくには思い当たる節がなかった。

凛との思い出は、大体、苦い。手を繋ぎ、このように歩いた記憶はない。

「……そうだっけ？」

素直に言うと、凛がぼくを見た。

「小学生の頃、公園で、鵜野《うの》くんや朝山《あさやま》と遊んでたあんたを迎えに行った時のことよ」

おぼろげに、幼い頃の光景が浮かんできた。夕方だったか。たしかに、凛に手を引かれて、家までの道を、歩いたことがあったような……

「よく覚えてるね」

「私は、あんたとのことは、なんだって覚えてる。あんたは、違うみたいだけど」

悲しそうな顔に、すぐには返事ができなかった。

そんな顔をされるなんて、思わなかった。

「……ごめん」

「別に……」

それからはまた無言になる。

……凛に関して、ぼくは色々なことを忘れているのかもしれない。

言われてみれば、小学生低学年の頃までは、凛もぼくに対して比較的普通の対応をしてくれていた気がする。でもはっきりとは覚えていない。

きっとその頃の記憶は、ここ数年の良くない思い出に塗りつぶされてしまったんだろう。

苦しみを伴う記憶ほど、印象に残りやすいからな。

ほどなくして旅館に着いた。

すでに四時を回っている。チェックインのため受付に行くと、対応した従業員がぼくの声を聞いて、驚いた顔を見せた。女装がバレたかもしれない。身がまえるけど、従業員はすぐ笑顔に戻り、何事もなく手続きが終わる。

そのまま、仲居さんに部屋まで案内される。和室だ。

「もし何かあれば、備え付けの電話でお申しつけください」

お茶を淹れて、室内や施設の説明を一通り終えると、仲居さんが丁寧に頭を下げて退室していった。

「……案外、何も言われなかったね」

テーブルを挟んだ向こう側で、座椅子《いす》に座った凛《りん》に言った。

「女装？」

うん、と頷《うなず》く。

「声を聞かれた時、微妙に驚いてたから、絶対バレたと思うんだけど」

「今時、接客業の人間が、性別的なことに関して余計な口出しをしてくるわけがないじゃない。ただでさえセンシティブなのに。それに、声が低い女だと思われた可能性だってある」

ぼくの声は、一般的な男子と比べたら高めだから、その可能性もなくはない。

「そうだね。ちょっと安心したよ」

そんなわけないのに、咎《とが》められるかもしれない不安があった。

杞憂《きゆう》だったか。

仲居さんが淹れてくれた煎茶をすする。まだ熱いけど、おいしい。

「……で、これからどうすんの？」

凛が言った。お茶にも、お茶請けの菓子にも、手を伸ばそうとしない。

「どうもしないかな。凛にやりたいことがなければ、今日はずっとここで過ごそう」

「観光、する予定だったんじゃないの？」

「二日目はね。最初から、一日目は旅館にいようって話してた」

慣れない運転を長時間すれば、きっと京子《きょうこ》も疲れるだろう、ということで、一日目は何も予定を入れていなかった。結局京子は来られなかったけど、代わりに凛が疲れている。

だったら、ここでのんびりした方がいいだろう。

なにより、今のぼくらには、観光するための足がない。

「全然眠れてないんだから、ゆっくりして少しでも疲れを取りなよ」

「ゆっくり、ねぇ……」

「温泉に浸かったり、館内を散策したり、窓際で景色を眺めたり……付き合うよ」

「……っそ。晩ご飯、何時から？」

「六時」

部屋食のプランにしてあるから、ここまで運んでくれるはずだ。

メニューは豪華だったけど、今の凛が食べられるかはかなり怪しい。

「じゃ、あと一時間半か……少し休んで、気が乗れば、ご飯の前に温泉に入りたい」

「そうしよう」

凛が重たそうに立ち上がり、広縁の椅子に腰を下ろした。

ぼくも後を追い、小さなテーブルを挟んで向かいあって座る。

凛が窓を向く。外には庭園が広がっていた。

それを正確に評価する目をぼくは持っていない。ただ、整っていて綺麗《きれい》だとは思う。

「……………なんで、私にここまでしてくれるのよ」

外を眺めたまま、凛《りん》が物憂げな顔をして、言った。

「あんた、一体何を考えてるわけ?」

「もう言ったと思うけど。京子《きょうこ》が旅行に行けなくなったからだって」

「だったら、キャンセルすればよかったじゃない。お金も返ってくるんだから」

「それも言ったよ。全額じゃないから、勿体《もったい》ないじゃん」

「……だとしても、なんで私?」

そんなの、凛を父さんから遠ざけて、元気にしたかったからだ。

けれどそれは、純粋な好意からの行動じゃない。

罪悪感と義務感、あとは打算によるところが大きい。

でも、それを素直に告げるのは酷だろう。

凛が望んでいるのは、きっと純然な好意だ。

どう返したものか。間が空く。

「本当は、私のこと嫌いなんだろ……」

何も言えないでいると、凛が呟《つぶや》いた。

本当は? ……あぁ。

以前、ぼくは強要されて、凛に「好き」とか「愛してる」とか「誰よりも大切」なんて言葉をかけていた。当時の凛はそれを本気で信じていたけど、今は疑っているらしい。

そりゃそうだ。この二か月、色々あったからな。

「正直、苦手だよ」

聞かれた以上、オブラートには包みつつも、決して否定はしない。

今更嘘《うそ》を吐《つ》くなんて、それじゃ凛にいいようにされていた頃に後戻りしてしまう。

「あっ、そ……なのに、したくもない女装をしてまで、私を旅行に連れ出した、と」

「そうなるね」

ふう、と凛が息を吐いた。

「……私とあいつを、引き離すため？」

あいつ、というのは父さんのことだろう。

凛は、本人がいない場所では、父さんをそう呼ぶ。

こっちの意図に、気づいていたのか？

「まあ……うん。凛を父さんから遠ざけたくて、誘ったところはあるかも」

「なんで？　私を嫌いなのに、なんでそこまでしてくれるわけ？」

堂々巡りだな。

「家族だからだよ」

「そんな理由で？」

目線は変わらず外に向けられている。頑《かたく》なにこちらを見ようとしない。

凛《りん》こそ一体何を考えているのやら……


「あとは、凛が調子を崩したのって、ぼくが誤解されるようなことをしたからだし」

「……あぁ。責任、感じてるのか」

「うん。ぼくが馬鹿なことしなきゃ、余計な心労を負わせずに済んだし」

「人間ができていることで」

凛が腹の上で手を組んで、目を閉じた。

やはり、望んでいた答えじゃなかったらしい。

でもこればかりは仕方ない。

だってもう、自分を曲げてまで、凛に都合の良い嘘《うそ》をつきたくないんだから。


凛が多少回復したというので、五時を少し回った頃に、大浴場に行くことにした。

部屋を出る前に、部屋に備え付けの浴衣に着替え、メイクも落としておく。

さすがに女装したまま男湯に入る勇気は、ぼくにはない。

同じく浴衣に着替えた凛と、部屋を出た。

意外にも、凛はぼくが女装をやめても、これといって文句を言わなかった。

「温泉に行く前に、少し中を見て回る?」

「いいけど」

というわけで、せっかくなので大浴場には直行せず、館内を見て回ることにした。

古い筐体《きょうたい》ばかり置かれてあるゲームコーナーや、山口県の郷土資料室、萩焼がずらりと並べられた廊下などをぶらぶら巡り、最後に宿泊客で賑《にぎ》わっている土産物《みやげ》コーナーに辿《たど》り着いた。

かなり広いな。品ぞろえも良さそうだ。

「んー……」

冷やかしながら、京子《きょうこ》にお土産を買おうか、少し悩む。

普通に考えれば間違いなく買うべきだけど、状況が普通じゃないからな。お土産を渡せば、逆に無神経というか、煽《あお》りみたいにならないか、不安だ。

……まあ、それでも、何も買わないのは薄情すぎるか。

無難に、売り上げナンバーワンらしい、カスタード饅頭《まんじゅう》のようなものを買う。

「あんた、それ、大浴場に持っていくわけ?」

「あ」

レジで精算を済ませてすぐ、凛に突っ込まれた。そうだ。今から温泉に入るのに。

部屋に戻るのも面倒だし、やってしまったな。まあでも、脱衣所がロッカー式で鍵をかけられるかもしれないし、そうでなくとも脱いだ浴衣で隠せば盗まれたりはしないだろう。

多分どうにかなる。

「……京子に渡すの?」

「うん」

聞かれたから答えたのに、凛《りん》は何も言わなかった。ただ、少し不満そうだ。

文句を言ってこないだけ上等か。

いよいよ大浴場へ向かう……と、その道すがら、凛が急に立ち止まった。

何かをじっと見ていたので視線を追うと、家族風呂の入り口があった。

「……家族風呂か」

凛が呟《つぶや》いた。

入り口のすぐ横には『空室』という札がかかっている。

そういえば、受付で家族風呂は予約制ではなく、空いていれば自由に使っていいと聞いた。

その際、札を使用中にするよう言われたかな。今は誰も使っていないらしい。

「見るからに家族連れが多かったのに、空室なんだね。意外」

土産《みやげ》コーナーでも、家族連れが多かったし、やはりボリューム層はその辺りなんだろう。

「……ねえ。それ、やっぱり風呂に入るのに邪魔じゃない？」

凛に脈絡なく言われ「ん？」と手に持った紙袋を見下ろす。

「まあ、邪魔だよ。失敗したなぁ」

答えたら、凛が家族風呂を指差した。

「…………入る？」

「は？」

ぎょっと凛を見た。真顔だ。続けて空室の札に視線を移す。

いや、空いてはいる。いるけど、なぜ？

「家族風呂なら、お土産持って入っても安心だろ」

凛がぶっきらぼうに続けた。

あっ、あー…………あぁ。

「いや、一人で家族風呂を占拠したら駄目でしょ」

「私も一緒に入っていいけど」

え、本気で言っているのか？

でも冗談という感じはしない。

いや、たしかに、ぼくらは家族だけど……

「それは、ちょっと……どうかな……」

ぼくを気遣っての提案だろうから、強くは否定しないけど、この年で姉と風呂はいくらなんでもきつすぎる。あるいはぼくらが仲良し姉弟だったら……いや、それでも厳しいな。

高校生の姉弟が二人きりで家族風呂に入るのは、異常だ。

「……あっそ」

凛があっさり引き下がった。

「じゃ、勝手にそんな饅頭《まんじゅう》盗まれてろよ」

そして吐き捨てられた。

どんな憎まれ口だ。

ただ、今日一日、凛《りん》が悪態を吐《つ》く元気すらなかったことを思うと、むしろ安心してしまう。

少しは持ち直してきたのかもしれない。

完全に元通りになられても困るけど、多少は元気があった方が良いに決まっている。

不機嫌そうに、大浴場へ向かって歩き出した凛を追いかけながら、思った。

◆

大浴場は湯船の種類が豊富だった。露天風呂も景色が良く、全体的に満足度が高い。

利用客も多くにぎやかで、いるだけで楽しい気分になれる。

ただ、日頃湯船につかる習慣がないからか、あまり耐性がないようで、すぐにのぼせてしまった。気持ち良かったけど、こうなるとさすがにもう駄目だ。

二十分ほどで切り上げた。

「おまたせ」

男湯から出て、廊下に置かれた無料の水を飲んでいたら、しばらくして凛が上がってきた。

メイクを落とした凛は、隈《くま》がまた目立つようになっていたけど、温泉に浸かって血行が良くなったのか、顔色は多少改善していた。

「……気持ち良かった」

「わかる。やっぱり家のお風呂とは違うよね」

「そうね」

なんて話しながら、部屋に戻る。

時間は六時ぴったりくらいだったけど、すでに仲居さんが夕飯の配膳を進めていた。

テーブルに料理が大量に並べられている。

メインだけでも陶板焼きや小ぶりの鍋、刺身等々、思わず写真に残したくなるような豪勢さだ。ここに副菜の小鉢やお重、瓦に乗っかった茶そばなどが並んで、視覚的な圧がすごい。

肉に魚に野菜に米に麺。全部ある。

絶対食べきれないぞ……

「お鍋は沸騰してから食べてくださいね」

青い固形燃料にチャッカマンで火を付けて、仲居さんが退室していく。

凛と顔を見合わせ、いただきます、と箸《はし》を手に取った。

どれもすごく美味《おい》しかった。本当に。

ただ、やはり量が多く、二人とも残してしまう。

ぼくはどうにか八割方は食べられたけど、凛《りん》は半分も無理だった。

まあ、食欲がないんだから仕方ない。ここ二日を思えば、それでも十分健闘した方だ。

食器を片付けに戻ってきた仲居さんに、ぼくも凛も、残してすみませんと謝る。

「皆さん、結構残されるので」

仲居さんは苦笑していた。じゃあ量を改めろ、というのは無粋な指摘なんだろうな。

そのまま布団を敷き始める。

「お布団、どうしましょう。寄せますか、離しますか？」

別にどっちでもいいけど、強いて言えば離した方がいいかな、と思ったら。

「寄せてください」

凛が、すぐに答えた。

仲居さんが「わかりました」と二組の布団をぴったり隣り合わせる。

思わず凛を見た。凛は仲居さんに「ありがとうございます」と言って、広縁へ行き、椅子《いす》に深く腰掛ける。完全にぼくを無視していた。

……まあ、いいけど。嫌なわけでもないし。

仕事を終えた仲居さんが退室していき、ぼくも凛の向かいの椅子に腰を下ろした。

外はすでに暗く、庭園が控えめにライトアップされていた。

それも、仲居さんが言うには、あと二時間ほどで消えるらしい。

一日の終わりが近づいている。

「凜。調子はどう？」

「……胃袋が破裂しそうだし、吐きそう。気持ち悪い」

凜が庭園を眺めながら、少し苦しそうに言った。

「いくらなんでも、あの量は多すぎるだろ……」

「でも美味《おい》しかったよね」

凜が「味はね」と頷《うなず》く。

「それで、えー……気分はどう？　よくなった？」

「……今朝までと比べたらマシだけど」

「それならよかった」

本調子にはまだ程遠そうだけど、底は抜けたように見える。

ぼくの自殺未遂によってメンタルを崩した凜にとって、ぼくと一緒に長時間過ごすことは、予想以上に効果的だったのかもしれない。譲ってくれた京子《きようこ》には、感謝しなきゃいけないな。

それにしても……順調だな。凜の驚異的な回復もそうだし、なにより二人きりで旅行をしているのに、これほど穏やかに過ごせるなんて、思ってもいなかった。

凜からの攻撃を覚悟していたんだけどな。嬉《うれ》しい誤算だ。

まあ……一日過ごしても、凜のことは相変わらず理解できていないままだけど。

ただ、彼女がぼくを嫌っているわけじゃないことだけは確信できた。

それだけでも十分な成果だ。

このまま、前より良い関係になれたらいいな……

「今夜は眠れそう？」

期待を込めて聞く。

目の下の痛々しい隈《くま》は、さらに色を濃くしていた。

「さあ……でも、眠い気はする。もしかすれば、いけるかも」

「そっか。なら、早めに布団に入る？」

「そうね。お腹《なか》が落ち着いたら、そうしようかしら」

「わかった。じゃあ、それまで、まったりしよう」

そのまましばらく広縁で過ごした。

特別なことは何もなく、時折ぽつぽつ話をしたり、何もせずぼんやり外を眺めたり、スマホを触ったり……とにかく、贅沢に時間を消費した。

やがて庭園の照明が切れて、窓の外が暗くなる。

「そろそろ寝る？」

まだ九時になったばかりだけど、良い頃合いだろう。

凛《りん》が「ん」と頷《うなず》き、立ち上がった。

その足で洗面所へ向かい、歯を磨きだす。

ぼくもアメニティの歯ブラシで歯を磨き、トイレで用を済ませる。

凛が布団に入ったのを確認して、壁のスイッチで部屋の明かりを落とした。

「おやすみ」と凛に声をかけて、布団にもぐり込む。

凛が小声で「おやすみ」と返してくれた。

部屋は冷房が効いている。冷気で満たされ、厚い布団が心地よい。

ただ、全然眠気がきそうになかった。今朝はかなり早起きしたし、結構疲れているはずなんだけど……慣れない出来事に気持ちが興奮しているのかもしれない。

「衛《まもる》。起きてる？」

京子《きょうこ》に連絡しようかな、と考えていたら、声をかけられた。

凛が、布団からひょこっと顔を出して、ぼくを見ていた。

「起きてるよ」

「……本当に、死ぬ気はなくなったの？」

もしかすれば、ずっと気になっていたのかもしれない。

暗い部屋の中でもわかるほど、凛の目が据《す》わっていた。

爛々《らんらん》としている。

「……ないよ」

凛《りん》の目を数秒見つめて、答えた。

「こないだも言ったけど、死ぬ気なんて最初からなかった」

「あぁ、そう。死なないのか」

「ぼくに死んでほしいの?」

「違う。ただ、まだ死ぬ気があるんなら、一緒に死にたかっただけ」

屋上で聞いたものと同じ言葉だ。

途端に、嫌な気分になる。

「……凛は、死にたいの?」

「死にたかないわよ。ただ、あんたがいない世界で生きていくのが、死ぬより嫌なだけ」

それも聞いた。聞いたけど。

「……死なないよ。だから、凛もそんな馬鹿なことを言うのはやめようよ。せっかくメンタルを持ち直してきたのに、後ろ向きなことを考えても、いいことないよ」

「馬鹿なこと?」

「死ぬなんて馬鹿だ。それに、これからは仲良くしたいんだよ。でも死ねばそれもできない」

凛は何も言わなかった。

黙って、視線で先を促してくる。

「……今日、凛とずっと一緒に居たでしょ」

「そうね」

「別に、すごく楽しかったとか、そういうわけじゃないけど、悪くもなかった。こうして凛と普通にやり取りするのも新鮮で、なんだか嬉《うれ》しくて……だから、これからもこんな感じで、普通の姉弟みたいに仲良くしたいなって思ったんだ。駄目かな」

「普通の姉弟」

「うん。凛がどうしてもっていうなら、たまには女装をしてもいいけど……本当にたまにならね。でも、それ以外は、今日みたいな関係というか、ノリでいけたら嬉しい」

それは紛うことのない本音だ。

凛を憎む気持や恨みは、まだまだ消えそうにない。それでも、凛がこれから先、今日みたいにいてくれるのなら……いずれ、恨みも薄れていくだろう。

「凛は、ぼくのことが好きなんだよね？」

凛が小さく顎《あご》を引いた。

「でも、衛《まもる》は私が嫌いなんだろ……」

「そうだけど……でも、すぐ、好きになれると思う」

「姉弟として？」

「それ以外にある？」

純粋に疑問に思って尋ねると、凛が再び黙った。

じっと視線を交わす。
「……わかった。考えとく」
長い時間を経て、凛《りん》が言った。
快諾じゃない。けれど、以前からは考えられないくらいの譲歩だ。
今はそれで十分すぎる。
「そっか……ありがと。じゃあ、今度こそお休み」
「……おやすみ」
凛が上を向き、瞼《まぶた》を閉じた。
今夜こそ眠れたらいいんだけど。
動かなくなった凛を、なんとなく観察する。
少しずつ、暗闇に目が慣れてきたおかげで、はっきり凛の横顔が認識できた。
鼻筋が通った横顔は、身内びいきを抜きにしても美しい。
長いまつ毛の先は、闇に溶け込むよう。
こうして、穏やかな気持ちで姉の顔を眺めるのは、初めてかもしれない。
不思議な気分だな。
絶対手に入らないと思っていたものが、今にも摑《つか》めそうな期待感というか……
そうか。ぼくは、心のどこかで、凛と仲良くなりたいと思っていたのかも。

どうせ無理だから、考えないようにしていただけで……

あるいは憧《あこが》れかもしれない。

普通の姉弟関係への憧憬。

まさかだ。自分にそんな願望があったなんて。意外とわからないものなんだな。

……普通の姉弟になれるかもしれない、という高揚感みたいなのがあって、中々眠れそうにないな。仰向《あおむ》けになり、枕元に置いておいたスマホへ手を伸ばした。

京子《きょうこ》に連絡しよう。

声を聞くことは難しいかもしれないけど、メッセージのやり取りだけでもしたい。

そう思って、スリープを解除すると……その京子から、少し前にラインがきていた。

なんだろう。アプリを開く。

『今から会えない？』

そんな一言に、一枚の画像が添えられていた。ぼくらがバス停から旅館まで歩いた時に見た、川にかかる赤い橋と、その上で自撮りしたらしい京子のアップが映っている。

びっくりして、文面を三回くらい読み返して、画像を凝視《ぎょうし》した。

……なんで？

『まさかこっちにいるの？』

打ち込むと一瞬で既読が付いて、二秒くらいで返信がきた。

『きちゃった』

軽い。軽すぎる。でも、なんだろう。

ちょっと引いてもおかしくないくらいの行動なのに、たまらなく嬉《うれ》しい。

会いたい気持ちが一気に膨らんだ。

凜《りん》の様子をうかがう。まだ、起きているだろうか？

「……起きてる？」

小声で聞く。反応はなかった。

凜の胸元の布団が、規則正しく上下している。

……ついに、眠れたのだろうか？

そうか。きっと、色々安心できたから……ようやく、眠れたのかも。

相当疲れも溜《た》まっていただろうし。

よかった。

凜を起こさないよう、ゆっくり布団から這《は》い出る。そして、京子《きようこ》に『ぼくも会いたい。今から向かうね』と返して、鍵を取り、浴衣姿のまま部屋を後にした。

宵ケ峰京子《よいがみねきようこ》

今朝からずーっと機嫌と気分が悪い。

なんたって朝起きた瞬間、寝ぼけた頭で真っ先に思ったのが「衛《まもる》、今頃凛と新幹線かなー」だからね。

目覚めが最悪だと、そのまま一日ずるずる引きずる。

昨日の夜、桂花《けいか》と電話して気持ちを切り替えたのに、寝て起きたら元に戻ってるの、ほんと笑えないな。衛が絡んだら自分を抑えられなくなるこの悪癖、ほんとどうにかしてくれ。

とにかく一日中ずっと「衛と凛、今何してるのかな」とか「ほんとは私が行くはずだったのに」とか、そんなネガティブな考えばっかり頭に浮かんで、むかむかしてくる。

もう、なーんにも手につかない。

受験勉強も捗《はかど》らないし、動画も頭に入ってこない。活字なんてもってのほか。

お母さんたちと話しても上の空。

マジで不毛。時間をドブに捨ててる気分だ。

で、お昼過ぎたくらいに我慢できなくなって、桂花に電話してしまった。

昨日の今日で悪いかなー……って一瞬だけ思ったけど、でもまあ、うん。

ごめんね？

「……て感じで、朝からすっげーモヤってるんですけど」

「またぁ!?」

電話して一部始終を話したら、さすがに桂花《けいか》にも呆《あき》れた感じを醸された。

逆の立場だったら多分私も同じ反応しただろーな。

「まただよ。ほんとごめん。でも無理なんだってば。昨日は納得できたけど、今この瞬間、衛《まもる》と凛《りん》が旅行してるって思ったら、急激に面白くない気分になっちゃうんだよ」

「もうそれ、諦《あきら》めて京子《きょうこ》も山口に行って、合流した方がいいだろ……」

「そこまでやったらヤバい女感あるじゃん」

「怒らないで聞いてほしいんだけど、お前はすでに普通にヤバい女だよ」

冷静に突っ込まれた。ですよね。

実は自分がちょっとヤバめな自覚は正直ある。

けどそんな私でも、今から山口に行って衛と合流するのはキモすぎだって思うんだよな。

それがモヤモヤの解消に最善なのはわかるけど、必死すぎるし、なにより山口まで車で四時間くらいかけて行って、もし衛にドン引きでもされたらさすがに堪《こた》える。

「私がヤバいのはそうだけど、桂花も人のこと言えないからね」

言うまでもなく、先月のことを揶揄《やゆ》してのことだ。

桂花が「そうだな」って軽く流した。

「とにかく私は本気だからな。そんなに気になるなら、今すぐ山口に行けとしか言えない」

今日の桂花、ちょっと冷たいな。そりゃそっか。

昨日深夜に叩き起こして、散々愚痴《ぐち》を聞かせといてからのこれだし。

「んー……でも急に山口まで行って、衛に引かれたらやだなぁ」

「そりゃビビるだろ。でもそれ以上に、京子に会えたら喜ぶと思うけどな。あと、あのイカレ姉が衛くんに暴力振るわないか心配してたよな？　なら傍《そば》にいた方がよくないか？」

体《てい》よく厄介《やっかい》払いしようとしてるな……けどま、一理ある。

ずっとそわそわしてるくらいなら、いっそ山口に行ってしまうか。

「それもそうか」

衛には少し引かれるかもだけど、もういいや。

どうせ勉強にも手が付かないし、他にやることもないし、行く！　決まり！

寝る場所とか細かいことは、向こうに着いてから考えよ。最悪車中泊って手もあるし。

あーあ、こうなるなら最初から私もついてけばよかったな。

「じゃ、行ってこようかな」

「マジで？」

桂花が驚きの声をあげた。

いや、おい。

「そっちが提案したのになんで驚いてんの？」

「いや、さすがにそんな軽いノリで決めるとは思わなかったから……」

「何時間も葛藤《かっとう》するようなことじゃないし」

「それはそうだけど……やっぱ京子《きょうこ》さん行動力やべーわ」

と、そんなわけで山口に行くことになった。

電話を切って、ぱぱっと身支度整えて、おばあちゃんとお母さんに一泊することだけ伝えて家を出た。早くしなきゃ着くのが深夜になる。そうなったら衛《まもる》も寝ちゃう。急ごう。

まだ何回も運転してない愛車に乗り込んで、ナビに衛たちが泊まる旅館を打ち込む。

到着まで五時間の予想。長。

教習除けば初めての高速、しかも一人なのに、ヘビーだな。

……ま、どうにかなるか。

「よーし」

慣れない手つきでサイドブレーキを解除して、シフトをドライブに入れて、出発した。

◆

五時間ぶっ続けで運転して、なんとか無事に目的地までたどり着いた。

事故らないようずーっと気を張ってたからへとへと。免許取りたての初心者が気軽に運転する距離じゃなかったわ。過労死する。せめて隣に衛がいてくれたら気も紛《まぎ》れたはずだけど、その衛に会うためにここまできたから、考えても無意味だ。

にしても田舎《いなか》。ていうか山。もはや山。

高速降りた後も旅館まで一時間以上かかったけど、後半は山道しか走ってない。

なんか秘湯って感じ。や、有名な温泉地だけども。

実際旅館周辺はお店や宿が密集してってにぎやかなんだよなー。山奥に急に文明が現れたからちょっと驚いた。このアンバランスな感じが観光地っぽくて、私は結構好き。

車を有料駐車場に停めて、ようやく一息つく。

車からおりて「んーっ！」って背伸びすると、筋が伸びて気持ちいい。

そろそろ夜の九時だから、外はとっくに真っ暗。そのわりにまだ暑いけど。

今年は猛暑で七月からずっと暑い日が続いてて、いい加減嫌になる。

虫の鳴き声すっごいな。きも。

ちなみに、こんな山奥のこんな時間なのに、外を歩いてる人は結構多い。さすが温泉地。

旅館に向かってぷらぷら歩きながら、連絡どうしよっかなー、って考える。

急なことだし、変に思われたくないから、文面には気を遣ってしまう。

どーしよー………お。

川にかかった、赤くて目立つ橋が目に入った。あれ、いいな。

橋の真ん中まで行って、手櫛《てぐし》で髪を整えてから、スマホで自撮りした。

ん、良い感じ。それを『今から会えない？』ってメッセージと一緒に衛《まもる》に送る。

……既読、付かないな。欄干に背中を預けて、スマホをじっと見つめる。

温泉にでも入ってるのかも。寝てたら最悪だな……とか不安に思いながら返事を待っていたら、十分かそれくらいで、ポンッ、と既読が付いた。

よかった……起きてた。すぐに『まさかこっちにいるの？』って返信がある。

やっぱ驚くよね。引かれてないよな？

重たい感じにしたくなくて、『きちゃった』なんて軽く返す。

『ぼくも会いたい。今から向かうね』

一気に緊張が解ける。胸をなでおろして『待ってる』って打ち込んで、空を見上げた。

……うわー。山の中だからか、星が綺麗《きれい》。

地元も田舎《いなか》だけど、レベルが違う。

「京子《きようこ》！」

ぼーっと星空に見惚《みと》れてたら、小柄な男の子が小走りで駆け寄ってきた。

衛だ。旅館の浴衣を着たままで、急いでくれたってわかる。

「来てくれたんだ」

私の前で立ち止まった衛が、乱れた息を整えて、照れたようにはにかむ。

うっ、って息が詰まった。

いややば。走って浴衣が着崩れて、胸元見えてるんですけど。あとほっぺも赤いし、息も荒いし、笑顔可愛すぎるし、なんだろその……すごく艶っぽいっていうか……

え、えっち、ですね……？

唾《つば》がじわじわ口に滲《にじ》んで、呑《の》み込む……っておい。

おい私。なにさっそく見惚れてんだ？　いい加減にしろよ？

あぁ、もう……もう！　こういうのがダメだっていつもいつも自分に言い聞かせてるのに、全ッ然学習しないよね!?

いくら衛が美少年だからってっ……慣れろ！　もう十数年の付き合いだろ!?　復讐《ふくしゅう》相手に一々ときめくんじゃない！

くそっ……！

「暇だったし、ドライブがてらね」

心の中で落ち着けって繰り返して、上の空で衛に答えた。

「ドライブ感覚でこんなところまで来たの？」

なんとも言えない反応だ。

ですよね。いやほんと冷静になれ。

いつまで浮かれてるんだ。

ふーっ……………！

「ごめん、ドライブはさすがに冗談」

「あ、うん」

「衛《まもる》に会いたかったし、あとやっぱ、凛《りん》と二人きりなのも心配だったから」

強引に修正するけど、なんか照れ隠ししたみたいになっちゃった。

衛が「そっか」って微笑《ほほえ》んだ。

「ありがとう。嬉《うれ》しい」

ほんと綺麗《きれい》に笑うよなあ。

卑怯《ひきょう》だろ。

「……で、どう？」

見惚《みと》れそうな自分に喝《かつ》を入れて、気を取り直す。

大雑把《おおざっぱ》な質問に、衛が「おかげさまで、良い感じだよ」って笑った。

「凛も落ち着いて、やっと寝れたみたいだし」

「そかそか。よかった。凛にひどいことされてない？」

「大丈夫。精神的に相当参ってたからだと思うけど、女装してない時も対応良かったし」

無意識だと思うけど、衛が首元に手を当てた。

そこ、こないだ凛に嚙《か》まれた場所だよね。トラウマになってるのかも。

そりゃそうか。

ていうか今、しれっと「女装してない時も対応良かった」って言ったよな？

「……今日、女装してたの？」

「あ」

衛《まもる》がわかりやすく「失言した」みたいな顔になった。

そして気まずそうに頷《うなず》く。

「そう、だね。家からここに来るまでの間、ずっと女装してたかな……」

は？

いや……家からここまで女装してきた？　マジで？

「あ！　でも、それは女装が好きになったからとか、そういうわけじゃなくて！」

「それはわかる。けどなんで？」

「そうしなきゃ、凛《りん》が一緒に出かけてくれなかったんだよ」

あぁ。そういうことか。

「で、旅館に着いてすぐやめたんだけど、それからも態度が変わらなくて、普通に話せてさ」

なんかちょっと嬉《うれ》しそうな衛に「へー……」とか頷きつつ、モヤる。

や、本人が納得して女装したんなら、別に問題ないよ。

でもそれと関係なく、その……なんて言ったらいいんだろ。つまり、衛が、凛のために大嫌いな女装してまで一緒に出かけてあげたこと自体が、面白くないっていうか。

……あんま認めたくないけど、これ、嫉妬《しっと》だ。

んー……私って、衛を本気で恨んでるのに、衛が私以外の女に優しくしたり、夢中になったりしたら、嫌な気分になるんだよな。

衛が自殺しようとした時も、衛をそこまでさせた瑞希《みずき》ちゃんにすっごく嫉妬したし、今も、衛を自主的に女装させた凛にやっぱり嫉妬してる。

心狭。ていうか理不尽《りふじん》。性格悪すぎ。

でも仕方ないじゃん。これはもう、理屈じゃないんだよ。

復讐《ふくしゅう》はするけど、そのうえで衛には私だけを見ててほしい。

復讐が終わった後も、私だけを好きでいてほしい。

他の子なんて見ないでほしい。

じゃなきゃやだ。絶対やだ。

もちろん口が裂けても言えないけど。

「そうなんだ。いいなー。私も久しぶりに、衛の女装姿見たかったなー」

心の声を隠してカラッと言う。

「え、そう？　……京子《きょうこ》になら、全然見せるけど……」

衛がちょっと困ったように、照れたように、笑った。

……へえ？　どろっとした、なにかそういう粘度の高い気持ちが、胸の中で渦巻く。

でも見えないふりをした。そんな気持ち、知らない。

「うそうそ。冗談。だって女装、嫌でしょ？」

「できるだけやりたくはない」

言って、衛《まもる》がすぐに「でも」と続けた。

「前よりはマシだけどね。昔と違って、女装しても気分が悪くならなくなったし」

「そっか」

「京子《きょうこ》のおかげだよ」

衛が欄干に寄りかかった。橋はあんまり高くない。

このまま川に飛び降りても、大丈夫そう。でも今は暗いから、溺《おぼ》れるかもだけど。

「私、なんもしてないけど」

「ううん。京子がぼくを好きになってくれたから、ぼくも女装した自分をある程度受け入れられるようになったんだよ」

衛が私を見上げてきた。

「だから、京子にになら、いくらでも女装を見せられる……恥ずかしいけど」

……なるほどね。

ふんふん。そーいう……なるほどなー、そっかー……へー……

……口元勝手ににやけるんですけど。

こら。こんなんで喜ぶなって。ほだされるなって。
あー、くっそー……嫉妬《しっと》が一瞬で溶けてく。なんだよ、も……
「……じゃ、今度お願いしちゃおうかなー……なんて」
「ん。いいよ」
衛が頷《うなず》いた。
そのまま、なんとなく無言で見つめ合う。
むずがゆい雰囲気。目を逸《そ》らせない。
「……京子」
衛が身体《からだ》を寄せてきた。
無意識に、周りを確認する。
橋の上には、私たち以外誰もいない……なんて思った瞬間、キスされた。
唇と唇が触れるだけの、人目を忍んでの、一瞬のキス。
ぽわん、って頭の中の色々なモノが吹っ飛んだ。
視界に広がる衛の顔が、ただ愛《いと》おしい。
……好き。大好き。あぁ……ほんっと、可愛いわ、こいつ……！
ついつい、男子にしては華奢《きゃしゃ》な衛の肩をぎゅうっと抱き込んで…………
…………待て。違う。違うってば。

違うから。もうね、これはあれだよ。演技。衛《まもる》に、私が衛を超好きだって信じさせるために、まず私自身にそういう暗示をかけて、ガチ感出そうとしてるっていうね？

「ごめん。我慢できなかった……京子《きようこ》、好き……」

あっ、好き。

衛が小声で囁《ささや》いて、私を強く抱きしめてきて、あぁ！　くそ！

めっちゃ嬉《うれ》しい!!

あー！　あーあー！　もおぉぉ！　違うって！

なんだよなんだよ、私、私はっ、こんな簡単にっ……！

「私も好きだよ……ね、ちょっとこの辺散歩する？」

これ以上衛にくっついてたら自分が何するかわかんなくて、腕を離した。

衛も「うん」って私の腰に回してた腕を解いて、かと思ったらそのまま私の手を取った。

指を絡められて、ぎゅっと握りこまれた。うぐっ。

いやおい、キスまでしといて、手を握られるくらい、なんてことないだろ……！

だからにやけるな……！

「行こ？」

衛に手を引かれた。

されるがままに歩き出して……

「おい。どこ行こうとしてんだよ」

声がした。聞き覚えがある声だ。

振り返ると、凛《りん》がいた。

衛と同じ浴衣姿。すごい目で私たちを睨《にら》んでる。

話に聞いてた通り、少しやつれてるな。

「起きてたの？」

衛が、驚いたように言う。

「最初から寝てない。あんたが私に隠れてこそこそ何かしようとしてたから、追いかけてきたんだよ。そしたらこれだ。はっ。仲良く手ぇなんか繋《つな》いで、どこに行こうとしてるわけ？」

あ、すっごい苛立《いらだ》ってる。

顔も声も禍々《まがまが》しいもん。

「いや、別に……どことかないよ。ただ、散歩しようとしてるだけだし」

「あぁそう。弱った私を一人部屋に残して、ほかの女と優雅に散歩ね。はいはい」

凛が舌打ちして、大股で近づいてくる。

動揺したのか、繋いだ衛の手が強張《こわば》った。でも、目は凛を真正面からしっかり見つめ返している。気持ちは負けてない。凛に、恐怖を見せないって意志が、ひしひし伝わってくる。

勇気づけたくて、繋いだ手に力を込めると、衛が強く握り返してきた。

「黙って出ていったのは、ごめん。でも、せっかく眠れた凛《りん》を起こしたくなかったんだよ」

「そもそも寝てないんだよ。てか、これから私と仲良くしたいって、あんた言ったよな？」

凛が私たちの前に立つ。

衛《まもる》は一歩も引かずに凛を見つめながら「言った」と頷《うなず》いた。

「仲良くしたいよ。普通の姉弟みたいに、凛と仲良くしたい」

「あっそう。その舌の根も乾かないうちに、こんなことをしたわけだ……ねえ。あんたまた、私に嘘《うそ》ついたの？　え？」

「ついてない」

「だったら、なんで私を置いてこいつなんかと……まず、なんであんたがここにいる？」

凛が忌々《いまいま》しそうに私を睨《にら》んだ。

「来れないいんじゃなかったの？　なに？　怖いんだけど」

来られない？　どういうこと？

衛を見たら、ちょっと気まずそうに「えーっと」とか言葉を濁されて、なんとなく察する。

凛を説得するために、軽く嘘ついたっぽいな。じゃ、話合わせよ。

「ちょっと余裕ができたから、車運転してきたんだけど。悪い？」

ボロを出さないよう、どうとでも受け取れそうな感じで言っといた。

凛の顔が鬼みたいに歪《ゆが》む。

「うっとうしい……ストーカーみたいにこんなとこまで衛を追いかけてきて、相変わらず気持ちが悪い女……！」

……ほーう？

凛ってさぁ、一々嫌な言い方するよねー……性格の悪さが言葉から滲《にじ》んでるわ。てか、衛の前で彼女こき下ろして、それで自分が衛からどう思われるかとか、考えられないのかな？

って言い返したいけど、必死に呑《の》み込む。いや衛いるし。印象大事だし。

でも彼女としてマウントは取っとこ。

「ごめんね。どーしても彼氏に会いたくて、甘えに来ちゃった」

言った瞬間、凛がとびかかってきた。

「ふざけんな！　衛から離れろっ……死ね、橋から叩き落としてやる……！」

腕に爪《つめ》を立てられて、衛と繋《つな》いだ手を無理矢理引き離そうとしてきやがる。

もちろん抵抗するけど、いや力強っ、ちょっ、マジで、このクソ女ッ……！

衛と絡めた指がほどけて、引き離された。それどころか凛が衛を引き寄せようとしたから、カッとなって私も衛の肩を摑《つか》み、引っ張って、取り返そうとする。

「返せッ！　私のだぞ!?」

それは、どっちの叫びだったか。

「痛っ！」

前後から引っ張られた衛《まもる》が悲鳴を上げて、凛《りん》を両手で突き飛ばした。

凛が「えっ？」ってよろめいて、尻餅《しりもち》をつく。

呆気《あっけ》にとられた顔で衛を見上げる。

「あ……ご、ごめん……」

衛が気まずそうに謝ったけど、別にこれ、衛は悪くなくない？

急に襲われたら誰だって反撃するって。

啞然《あぜん》としてた凛が、少しずつ顔を険《けわ》しくしてく。

「……仲良くしたいとか、言って……結局、私なんか、どうでもいいんじゃない……！」

「ち、違う、それは違うって。ただ、痛くて……」

「嘘吐《うそつ》くな！　私に、嘘を……なんだよ、私を置き去りにして、そんな女と隠れてキスして、手ぇ繫《つな》いでどっかに行こうとして、それで、それで私と仲良くしたいとか……！」

声が震えだした。顔も赤いし、目も潤んでる。

怒りすぎて感極まったのかな。

にしても言ってることめちゃくちゃすぎて、嘘だろって感じ。

「弟相手に、まるで二股かけられた女みたいなこと言うよね」

思わず突っ込んだら、凛がまた鬼みたいな形相を向けてきた。

明らかに殺気が籠《こも》ってる。

こんな軽口に、ちょっとキレすぎじゃな…………ん？

……あっ……あぁ！

もしかして、凛って……

あー……そっ、か……そういうことか……

はいはい……

「黙れ。あんたが私に、クソみたいな口きくなよ……！」

「うわ、こわ」

適当に流して、考える。

私は、凛についてほとんど何も知らない。

私にとって凛は、弟に異常に執着して私を邪魔する不気味な女、くらいの認識だった。

うん。別に興味とかはあんまないけど、とにかく色々邪魔でさ。

衛にも酷《ひど》い仕打ちをするからそこも結構ムカついてて、だからどっちかっていえば嫌いで、
いつかはどうにかしなくちゃな、って思ってて。

でも何考えてんのかは、さっぱりわかんなかった。

でも、今、少し見えた気がする。

もしもそれが勘違いじゃなければ、私は凛としっかり話し合わなきゃいけない。

そのためにも、まずは想像が正しいかどうか、確かめたい。

けど衛《まもる》には聞かせられない内容なんだよなー……どっかいってもらうしかないな。

「衛。ごめんけど、ちょっとだけ席を外してくれない？」

凛《りん》をなだめていた衛に、声をかける。

衛が虚をつかれたみたいに「え？」って私を見た。

「今？」

「うん。凛と二人きりで話したいことがあるんだ。ほんとごめん」

衛が困ったように私と凛を交互に見る。

この状況で抜けるのが不安だし、後ろめたいんだろうな。

「ね、別に私は凛と喧嘩《けんか》する気なんてないよ。それに、もし心配なら声が聞こえないくらいのところまで離れてくれたら、こっち見ててもいいから。お願い」

「……わかった」

渋々っぽいけど納得してくれたみたいで、衛が離れてく。

凛も衛の背中をじっと見送る。

「くそ」

衛が橋を渡りきり、しっかり離れてから、凛が手をついて立ち上がった。

「なによ。あんたと二人きりで話すことなんて、こっちには何もないんだけど」

視線で私に穴でも開けようとしてんのか、ってくらい睨《にら》んでくるじゃん。

超喧嘩腰。それで気圧《けお》される腑《ふ》抜けじゃないけど、でもピリッと気合が入った。

小さく息を吸う。

「……………凛って、衛を弟じゃなくて男として意識してない？」

凛が目を見開いた。

お。当たった？

もしこれが見当外れな意見だったら、多分凛、鬼の首取ったみたいに否定してくるし。

追撃せず、凛の答えをゆっくり待つ。

「……急になによ。馬鹿じゃないの？」

しばらく粘って、やっと返事があった。

「誰が、弟なんかを男として意識するか……漫画の読みすぎじゃないの……」

そんな苦しそうに言わなくてもいいじゃん。

あー……知りたくなかったなぁ。こんなの暴いたって、誰も救われないって。

でも、ほっといたら衛に何されるかわかんないし……

「……ま、だよね。普通は、血がつながってる家族を異性として見るとか、あり得ないし」

断言したら、凛がちょっと揺れた。

「だから私も、考えすらしなかったんだけど……」

さっき、衛に拒絶された凛の反応を見て、理屈じゃなく直感で理解した。

凛《りん》、衛《まもる》を男として好きだろ、って。曲がりなりにも私は衛の彼女だし、その辺の嗅覚は鋭いつもりだ。や、桂花《けいか》は見逃したけど、あれは例外っていうか。

「ねえ凛。気付いてないかもだけど、凛、衛を見る目が完全にそうだよ」

もっと早くに凛と衛の絡みを実際に見れてたら、すぐ気づけてたかも。

あのドロドロした目は、どう考えても実の弟に向けるものじゃない。

逆に言えば、直《じか》に見なきゃ、わかるわけないよねっていう。

「……思い込みで勝手なこと言うな」

認めないか。そりゃ認めたくないよね。

……あぁ。だから……そっか、女装もそういうことか……？

「そう？　でも、衛を無理矢理女装させてたのって、衛が女だったら、苦しまずにすんだのに、っていうせめてもの抵抗みたいな……」

「うるさいッ!!」

凛が叫んだ。

今にも噛《か》み付いてきそうな顔は、心臓を握られたみたいな必死さがあった。

「あんたに私の何がわかる!?　訳知り顔で人の心にずかずか踏み込んで、勝手なことを言って……全ッ然違う！　何も合ってない、私はそんなんじゃない！」

「じゃ、なんで衛に女装させてたの？」

「あんたに教えてやる義理なんかない！　違う⁉」

「なんで女装した時だけ、過剰にベタベタしてたの？」

「しつこい！　そんなの、あれだっ……妹が、ほしかったからに……！」

「衛が妹だったら、性欲なんか関係なく、純粋に愛せたかもしれないってこと？」

「っ……い、いい加減にっ……！」

「衛に抱いてる気持ちが間違ってるって自覚があるから、ずっと苦しんでるの？」

何かを叫びかけてた凛が、ぴたっと動きを止めた。

急所を突かれて、言葉を失ったみたいに、口をぱくぱく開閉させる。

これ図星だな。

……はあ。色々しんどくなってきた。

人を好きになるのは不可抗力。そんなの自分じゃ決められない。

気づけば好きになってるんだよ。

だから、凛が衛を好きになったのは、凛のせいじゃない。たまたま好きになっちゃいけない相手を好きになっただけ。凛が選んで好きになったわけじゃない。

凛の気持ち、少しだけわかる。だからしんどい。

私も衛を好きになったせいで山ほど苦しんだから。衛への気持ちがなくなれば、って何度思ったことか。でもどんなに頑張っても、好きな気持ちは消えてくれなくて……

あぁ、もう。そうだよ、認めますよ。

私、衛《まもる》のこと好きだ。

ずっと大好きなままだ。

出会ってから今まで、衛のこと好きじゃなかったことなんて一秒もない。

あーあーはいはい、好きですよ、大好きですすよ！

ここ数年は自分の気持ちを誤魔化《ごまか》してただけですよ、くっそ！

今の凛《りん》を見て、自分を省みちゃった。もう誤魔化せない。気持ちから目を逸《そ》らせない。

でも嫌いなのもほんとなんだよ。許せないのもマジ。

そのくせやっぱ、誰より衛を愛してる。

だけど復讐《ふくしゅう》しなきゃ、気がすまない……！

真面目《まじめ》に頭おかしくなるって。

……で、さ。

きっと凛も、私みたいに「衛を好き」って気持ちを必死に否定してきたんじゃないかな。

もちろん私と凛とじゃ好意を否定する理由は全然違うはずで、認めたくないけどきっと凛の方が切実。だって姉と弟なんて普通に禁忌だし。

だから気持ちを誤魔化すしかなくて、あんな滅茶苦茶なことしてたわけだ。

女は恋愛対象にはならないから、衛に女装させた。妹にベタベタしてもそれは異性愛じゃなくてただの家族愛だから、女装させた衛に我慢せず抱きついて愛をささやいた。

自分は衛と絶対付き合えないけど、でも衛が自分以外の女とくっつくのも許せなくて、家族として心配してるふりして、衛を支配しようとした。

全部私の勝手な推測。でもそう考えたら、凛の行動に全部説明つかない？

好きって気持ちを誤魔化すため、周りを巻き込んで必死に足掻《あが》き続ける哀れな女……

共感しかないな。似てるわ。私と凛、恋愛への向き合い方がそっくりすぎる。

ただ、そのうえで衛への仕打ちはほんと身勝手だと思うし、許せないけど。

「でも、自分が苦しいからって、衛を苦しめてもいいわけじゃなくない？」

「わかってるわよ！」

凛が両手を握り込んで、叫んだ。

衛の自殺未遂でメンタル壊した凛は、その辺とっくに痛感してるんだろう。

「でも仕方ないでしょ!?　そうしないと、気持ちが抑えられなかったんだから！」

ついに観念したな。

衛を男として意識してるって認めた。

「それはそう。わかる」

本心から同意した。気持ちを抑えられないのは、ほんとによくわかる。

私もそれで散々やらかした。

だけど。

「勝手に共感するな！」

悲鳴みたいな金切り声で拒絶された。

予想外すぎる反応でぽかんとなる。

「え……」

「恵まれてるあんたが、私をわかろうとするな……これ以上、私から何も奪うな！」

凛《りん》の顔はぐしゃっと歪《ゆが》んで半狂乱で、鬼気迫ってて、言ってる意味もわからないから、さすがに少し圧《お》された。

「奪うなって、私何も……」

「私から衛《まもる》だけじゃなくて、苦しみまで奪うわけ⁉」

「は？」

苦しみ？

凛が苛立《いらだ》ちを全身から滲《にじ》ませて「あぁッ！」って小さく叫んだ。

「衛を好きな気持ちも、報われない苦しみも、悲しみも、怒りも、全部私だけのものだ！」

「どういうこと？」

「私にはもう、それだけしかないのに……あんたは、それまで奪うっていうの……⁉」

「いや、そんなつもりじゃ……」

「共感なんかいらない！　理解なんかいらない！　私をわかるな！　全部、全部私だけのモノだ！」

目に涙を溜《た》めた凛が、叩くみたいに、自分の胸に手を当てた。

少しずつ、凛の気持ちがわかってきた。そっ、か。

凛……思ってる以上に、自分の気持ちを直視してたんだ。

「っ……なんで京子《きようこ》なんだ……私とあんた、少ししか違わないのに……従姉《いとこ》と、姉と、ほんの少しずれてるだけで……なのに、なんであんたは報われて、私は……」

凛がよろよろ欄干に身体《からだ》を預けて、ずりずりその場に座り込む。

芯が抜けたみたいに脱力してしまった。

「……わかってるのよ。どうしようもない。間違ってるのは全部私……私は、衛を好きになっちゃいけなかった……でも、好きなの……」

何も言えない。

「傷つけたいわけじゃなかった……でも、衛が…………」

うなだれて、凛が嗚咽《おえつ》を漏らす。

あぁ……

「……どうすりゃいいのよ。私だって、衛を弟として大切にしたい……でも、衛を、女装してないあいつを見ると、胸が苦しくなる。心がざわつく。駄目なんだよ……」

凛《りん》は、私だ。

瑞希《みずき》ちゃんに片思いする衛《まもる》を、ただ見ていることしかできなかった頃の私だ。

なんであの子なんだって、どうすることもできずに恨みを募らせていた頃の、私……

でも決定的な違いもあって、私には可能性があった。頑張って、実際それを摑《つか》み取った。

でも凛はどうあがいたって袋小路。可能性なんかない。どこにもたどり着けない。

「好きになんて、なりたくなかった……」

それっきり黙ってしまう。

私は、黙ってそれを見つめることしかできない。

私は恵まれてたのかも。凛を見て、そう思った。

……なのに、復讐《ふくしゅう》？

凛がどんなに望んでも、絶対手に入れられない衛を、私は復讐のためにフろうとしている。

それは……凛を、踏みにじることにならない？

もっというと、私がかつて瑞希ちゃんにされていたことと、同じじゃない？

衛からの好意をはっきり自覚した上で、衛を苦しめてた、あの女と……

私、ほんとに正しいことをしようとしてる……？

うつむいて、肩を震わせる凛を見下ろす。

何考えてんのか全然わかんなかった凛が、今じゃ本気で可哀想《かわいそう》だって感じる。

だからって凛に衛は渡せない。渡す気もない。
そう思うのに……衛を、許せそうにない。
理屈じゃない。
正しいとか正しくないとかじゃ、ない。
それは、私がこの先へと進むために、絶対に必要なことなんだ。

四話

森《もり》崎《さき》衛《まもる》

Mamorukun to ai ga omotai syoujotachi

京子《きょうこ》と凛《りん》の話し合いは無事に終わったらしい。二人が橋を渡ってぼくの元までやってきた時、凛は憑《つ》き物が落ちたかのようにおとなしくなっていた。

どんな話をすれば、あの暴れ牛のような凛をこうも落ち着かせられるんだ？

ずっと遠目に二人を見ていたけど、二人が何を話したのかはわからない。

気になって京子に尋ねたけど、絶対に教えられないと言われた。

凛も、本気で言いたくなさそうだった。

こうなると、無理に聞き出すこともできない。諦《あきら》めるしかないか。

「もう、酷《ひど》いこと、できるだけしないから……」

ぼくにそう言った凛は、うつむいていた。

それはまさにぼくが望んでいた言葉だ。

「あ、うん……」

ただ、突然すぎて、気持ちが追い付かず、そう淡泊に返すことしかできなかった。

本当に……二人は、どういう話をしたんだろう？

追加料金を払うことで、京子もぼくらと同じ部屋に泊まることができた。

一夜明けて、翌朝。

何事もなく朝を迎えることができたぼくたちは、京子が運転する車で、三人揃《そろ》って地元へ帰ることに。残念ながら観光はなしだ。

連日の寝不足がたたり、凛がダウンしたんだから、仕方ない。

とても遊べる状態じゃないからな。

ただ、本人曰《いわ》くメンタルはかなり回復したらしい。なんやかんやあったけど、当初の目的だけは無事に果たせたことになる。

頑張って女装してまで凛を連れ出した甲斐《かい》があった。

「京子のおかげで凛が元気になったよ」

車中。助手席に座ったぼくは、運転席の京子にそうお礼を伝えた。

京子は軽く前のめりになって、ハンドル操作に夢中になっている。

「……立ち直ったのは凛自身の力で、私はマジで何もしてないけどね」

目をしっかり前に向けたまま、京子が答えた。

今は高速道路を運転中だ。帰省ラッシュ中だから渋滞しているけど、ぎりぎり止まらずに進めている。たしか昨日がピークだったはずだ。

「くそ、行きは全然混んでなかったのに、帰りはえぐいな……！」

京子《きようこ》が唸《うな》った。

まだ運転に慣れていない中で、渋滞した高速道路は難易度が高そうだ。

「明日からは上りが混んで、下りが空くらしいけど」

「タイミング悪っ……あ、トイレとか大丈夫そう？　漏らす前に言ってよ？」

「大丈夫だよ。ていうか、今サービスエリアに寄ったら、えらいことになりそうだし」

「あっあー、まー、そーかもねー……凛《りん》は？」

言われて、後部座席を振り返る。

凛が、口を半開きにして寝ていた。

かくんと倒れた顔は相変わらず不健康な色だけど、表情は柔らかい。

耳を澄ますと、小さな寝息が聞こえてくる。

「まだ寝てる。熟睡」

「そか。じゃ、大丈夫だね」

「うん……でも、今回はやっぱり京子に助けられたと思う。ありがとう」

「んー……………立ち直るきっかけになれたなら、よかったよ」

京子の声音《こわね》は優しかった。

凛と京子はお互いに嫌い合っていたはずだけど、昨晩も今朝も、いがみ合う様子はなかった。もちろん仲良く話すこともなかったけど、顔を合わせれば必ず罵《のの》り合っていたことを思えば、とんでもない進歩である。昨晩の話し合いで、二人の関係に変化が訪れたのだろう。良いことだ。多分。

車内には、どこかで聞いたような音楽が流れていた。

京子たちの後輩アイドルグループの曲だ。先日、桂花《けいか》さんに勧められて、配信のアルバムを買ったらしい。スマホをブルートゥースで車のオーディオと繋《つな》ぎ、それを流している。

「……最近、よく見るようになったよね」

「ん、あぁ……あの子たち、頑張ってるみたいだね。良いことだよ」

ぼくは京子たちの方が好きだったけど、この後輩グループも最近は当時の京子たちに追いつかんばかりの勢いがある。世間の人気という意味では、今や負けず劣らずかもしれない。

あるいは、京子たちが抜けた場所に、ぴったり収まったか。

隣を盗み見する。やっぱり京子は真剣な目で前を注視している。

「……アイドル辞めて、後悔してない？」

「え、全然」

即答された。前に同じことを聞いた時も、まったく同じ答えだった。

京子はぶれない。芯が一本通っていて、人間的に強い。

そんな京子《きょうこ》だから、ぼくも好きになったんだろうなぁ……なんて、恥ずかしいことを思う。

「アイドルになった目的も、ある程度果たせたし」

「へー……武道館のライブとか？」

京子はデビューして二年目に、武道館ライブを開催した。

チケットは完売し、大成功だったらしい。

「そんなとこ」

京子が適当な感じで頷《うなず》く。本当か？

まあ、いいけど。

「この後、地元に着いたら、どうする？」

暗に、このあとも一緒に過ごそうと提案した。

京子が横目にちらっとぼくを見た。

「……衛《まもる》は凛《りん》と一緒に家に帰って、一応、叔父《おじ》さんとのやりとり見守った方がよくない？」

「あ、そっか」

凛が元気になったというのは、あくまで自己申告だ。大丈夫だとは思うけど、それでも病み上がりは何があるかわからない。

念のため様子を確認しといた方がいいな。

「……凛が問題なさそうだったら、夜、会う？」

京子が言った。

「ん、いいよ。ご飯一緒に食べる？」

「それは時間次第かな……そのー……」

京子が言い淀《よど》む。

「なに？」

「……話したいことがあるんだよね」

声が硬い。

真面目《まじめ》な話だろうか。

「それは、今は話せないの？」

「二人きりじゃないと、ちょっと」

なるほど。凛には万が一にも聞かれたくないのか。

「そっか、わかった。じゃあ、夜、落ち着いたら連絡するよ」

「ん。待ってるね」

宵《よい》ケ《が》峰《みね》京子《きょうこ》

「えー……今晩、衛をフってやります」

自分の部屋のベッドに座った私はいつもみたいにスマホに向かってそう宣言した。

山口から帰ってきたばっかりだから、まだお昼過ぎくらいか。窓の外は明るい。

「あぁ」

スマホから桂花《けいか》の返事が聞こえてた。

どうしても報告しときたいことがあって、私は帰ってすぐ、桂花にメッセージを送った。

『今晩、復讐《ふくしゅう》を終わらせてくる』

そしたら、すぐ既読が付いた。

しかも電話まで返してくる。ちょうど番組収録の空き時間だったみたい。

「ついにか」

「ん。てか今ってあんま余裕ないよね？　また改めて連絡するから」

「いや、ロケ先の都合で三十分待ち時間ができたから、むしろ暇なんだが」

スマホからは、桂花の声以外にもがやがや雑音が聞こえてくる。

外で収録してるっぽいな。

「そう？　でも、今はまだそんな話すことないしなぁ。むしろ色々終わったあとに相手してほしい」

「夜も電話すればいいだろ。あ、結局、あのイカレ姉はどうなったんだ？」

全力で話続けようとしてくるじゃん。ほんと暇なのかも。なら相手したげるか。私も暇だし、あと今晩のことを考えたらやっぱ落ち着かない。話して気を紛《まぎ》らわせたい。

「あぁ。無事元気になったよ。今頃、自分ちで叔父《おじ》さんと大喧嘩《おおげんか》してるんじゃない？」

「へー……つーか、旅行で衛《まもる》くん焦《じ》らせてないんだろ？　復讐決行して大丈夫か？」

「多分ね。そもそも旅行は最後の一押しくらいのつもりで、絶対に必要ってわけじゃなかったし。衛が私に惚《ほ》れてるのはほぼ間違いないからね」

昨晩、凛《りん》と色々語ってるうちに、私も気持ちが固まった。

このままダラダラ先延ばしにしたら、私、きっと絆《ほだ》される。

「そっか。ま、頑張れよ」

「頑張りまーす………あのさ。私、衛のこと、まだ好きだったわ」

これまで桂花から散々突っ込まれてきたことを、認めた。

「あぁ。知ってたよ。やっと認めたか」

「うん。だから、衛をフったあと、私相当荒れると思う。先に謝っとくわ」

ちょっとふざけた感じを出して言った。つまり結構マジってことだ。

自分の意志でフろうとしてるのにね。ほんと馬鹿すぎ。

「……だったら、やめたらいいだろ。誰も強制なんかしてないぞ」

めちゃくちゃ呆《あき》れた声で突っ込まれた。

「それは思ったよ。このまま、何もなかったことにして付き合ってもいいかなー……って」

「だったら」

「でもやっぱ、無理なんだよ。私は衛《まもる》が好きだけど、大好きだけど、舐《な》めた態度を取られた過去を清算せず、負け犬みたいに尻尾《しっぽ》振って、あいつとぬくぬく付き合うのは絶対に違う」

「恋愛は勝ち負けじゃないだろ」

「そうだよ、勝ち負けじゃない。でも、考えてみて」

「なにを」

「たとえば、彼氏といちゃいちゃしてて……すっごい幸せな気分なのに、ふとした拍子にその彼氏とのムカつく過去を思い出すんだ。で、一々憎んだり許せなくなったりしたら……つらくない？　私は無理。絶対無理。復讐《ふくしゅう》して一度まっさらにならないと、駄目だ」

衛への気持ちを自覚して、改めて考えた結果、そうなった。

「……なあ。もう少し肩の力抜いて生きられない？」

「だから無理だって。あぁ、もー……全部衛のせいだ。衛が最初から私を好きになってたら、何もかも丸く収まったのに……こんなに苦しまずに、いちゃいちゃできたのに！」

「やばくない？」

桂花《けいか》が引いた感じで言った。

や、自分でもちょっと理不尽《りふじん》かなって思う。

でも桂花も人のこと言えないからね？　なんたって、アイドルとしての私に執着しすぎて、私が衛と付き合いだしたことを「汚点」とまで言いきったんだから。

ま、今更蒸し返す気はないけど。

「京子《きようこ》って、好きな男には完璧《かんぺき》を求めるタイプ？」

「違いますー。許せることと、許せないことが、はっきりしてるだけですー」

「あぁ……」

「私、衛の愛が、私以外の女に向くことだけは、どうしても許せないんだよ」

「嫉妬《しっと》深いな」

「そうだね」

「自覚があるならいいけど。それより京子。一つだけ、いいか？」

桂花が声のトーンを落とした。なんだろ。

「いいけど」

「自分にとって、より後悔が少ない選択をしてくれ。フっても、フらなくても、絶対に何らかの後悔は残るはずだ。だから……より後悔しない方を」

こないだ、お母さんから言われたことと、同じだ。

真摯《しんし》だな。心配がひしひし伝わってくる。

「ありがと。そうする」

でも、私の腹は、もう決まってる。

凛《りん》と父さんの大喧嘩《おおげんか》は、何時間にも及んだ。

互いに口が悪く、我の強い者同士だ。むしろ数時間で済んだことが奇跡かもしれない。

結果としては、凛の成績不振はメンタル的な問題で、それが回復した以上、次回の模試では普段通りの成績が出るはずだ、と凛が断言し、父さんも渋々納得して、幕引きとなった。

妥当だろう。それ以外にはないくらい、妥当な落としどころだ。

それと、無断で県外に宿泊したことに関しては、凛だけでなくぼくも普通に怒られた。

これに関しては明確にぼくらに非があるから、仕方ない。

そんなこんなで、凛に関するあれこれが一通り落ち着いて、やっと京子《きょうこ》に連絡ができた。

『終わったよ。どこに行けばいい？』

そうメッセージを送ったのは、夜の九時を少し回った頃だった。

大分遅い。今日はもうやめておこうと言われるかもしれない。

そう思っていたら、返信があった。

『三十分後に、マンションの屋上で』

意外な待ち合わせ場所だ。少し驚きつつ、わかった、と返した。

それにしても、一体何のつもりだろう？

時間より少し早めに屋上へ向かうと、すでに京子の姿があった。

シャツとデニムという、ラフな出で立ちで、転落防止の柵に背中から寄りかかり空を見上げていた。

星空は、山口の山の中と比べたら、いくらかくすんで見える。

「お待たせ」

声をかけると、京子が視線を下ろした。

あれ？　なんだろう。顔が、少し強張《こわば》っているような……

京子のそういった表情は珍しい。あまり見たことがなかった。

だからかな。少し、嫌な予感がする。

「……ん。来てくれて、ありがと」

声まで硬い。

「ううん、全然。それで、どうしたの？」

「………………私たち、付き合いだして、もう二か月くらいたったよね」

「そうだね」

「付き合いだした理由、覚えてる？」

「そりゃ、まあ」

忘れるわけがない。

瑞希《みずき》のキスにショックを受けたぼくが、気持ちを落ち着かせようと屋上の縁に立っていたら、京子《きょうこ》に自殺を疑われ、「死ぬか私と付き合うか選べ」と言われたのが始まりだ。

正直ただのすれ違いだ。ぼく、死ぬつもりなんてなかったし。

だけどそれから色々あって、本当に京子のことが好きになって、改めてぼくから告白し直して……正式に付き合うようになった。

「衛《まもる》は、まだ死にたいと思ってる？」

京子が柵の外側をちらっと見て、言った。

そういえば……付き合って、しばらく二人で色々なことをして、それでもぼくの死にたい気持ちが変わらなければ、その時は一緒に死んであげる、って言われてたんだったな。

「まさか。思ってないよ。全然思ってない。今、本当に幸せなんだから」

「そ。良かった」

京子がぎこちなく笑う。

……なんだ？　嫌な予感が収まらない。

京子の態度が、妙によそよそしいからか……？

「ねえ、京子。ぼく、なにか……」

「なら、もう付き合う理由もないね、私たち」

………は？

意味が、理解できなかった。

頭が真っ白になる。

「なんっ……て？　京子《きょうこ》、ごめん、今……え？」

わからない。いや、わかる。

じくじく、意味が呑《の》み込めてきた。

でも、なんで急に、そんな馬鹿なこと……

「別れよう、って言ったんだよ」

……あぁ。

断言された。

「……本気で、言ってる？」

「冗談でこんなことを言う人間にはなりたくないな」

そう、だよな。京子は分別が付いている。言っていいことと悪いことくらい、区別できているはずだ。そしてこれは、悪ふざけでも言うべきじゃないことだ。

つまり、京子がそれを口にしたということは、本気だということで……

「……どうして？　もしかして、京子がぼくと付き合ってたのは……ぼくが死なないようにって、それだけのため……？　最初から、ぼくのこと、別に好きじゃなかったって……」

出した声が、震えていた。

考えたくなかった。ただ同情されていただけなんて。

京子がぼくに背を向け、柵に寄りかかって下を覗《のぞ》き込んだ。

「……そんなわけあるか」

何かを呟《つぶや》いたけど、声が小さい上に、こちらを向いていないから、聞こえない。

「京子……？」

「……だとすれば、どうする？　別れてくれるの？」

今度ははっきり聞き取れた。

冷たい声だ。

胸が痛い。

「それは……」

別れたくない。

京子がぼくを本当はどう思っていようが、ぼくは京子と別れたくない。でも。別れる意志を固めた彼女に追いすがってまで、別れないでと訴えるのも、きっと違う。

本当に京子のことが好きなら、未練をグッと呑み込んで、彼女のために……

別れて、あげて……

「嫌だ」

真逆の言葉が出た。

「別れたくない」

「……ふうん」

京子《きようこ》が振りむく。

顔が歪《ゆが》んでいた。怒ったような、何かを堪《こら》えているような表情だ。

「なんで、私と別れたくないの？」

「好きだからだよ……それ以外、ないでしょ」

「……そうなんだー……でも衛《まもる》、ずーっと瑞希《みずき》ちゃんに片恋《かたこい》してたよね？」

…………ん？

えと……なんで今、その話が出てくる……？

「それは、まあ、そうだけど……でもそれ、今は何も関係ないよね……？　昔のことだし……」

「……ある。関係ある」

「え？　……いや、えっ？　でも、京子が別れたいのは、京子が別にぼくのこと好きじゃなくて、その、ぼくが自殺する心配もなくなって、だから…………あれっ？　……関係ないよね？」

全然わからない。

「――あるから！」

京子が叫んだ。

その目は赤くて潤んでいて、今にも涙がこぼれそうで。

本気でわからない。

「なっ、何が関係あるの!?」

「衛が私を好きって言うから！　なのに瑞希ちゃんを好きだったたって、それおかしいよね!?」

「えっ、えぇ……？　どういうこと……？」

そうは見えないけど、酔っぱらってるのか？

言葉の時系列が滅茶苦茶すぎて、もはや支離滅裂だ。

「今、ぼくが京子を好きなことと、昔瑞希に片恋してたことは、何も関係ないよ!?」

「ある！　あるから！」

「いやだからないってば！　落ち着いてよ！　そもそもこれ、ぼくが自殺する気がないから別れようって、そういう話だよね!?」

「っ……そんなの口実に決まってるでしょ!?　いや、別れるのは本気だけど！」

え、えぇ……？　なにそれ……いや、でも京子がぼくと別れようとしているのは事実なのか。

それは、本当にどうにかしなくちゃいけない。

ぼくは京子と別れたくない。ずっと一緒にいたい。

「じゃあなんで別れるんだよ！」

「ずっとずっと嫌だったから！」

「なにが⁉」

「瑞希《みずき》ちゃんに片思いしてたのが！　ずーっと嫌だった！」

京子《きようこ》が顔を赤くして叫んだ。

見たことがない姿だった。

「……はあ？」

「私が、衛《まもる》にどれだけ尽くしてたと思う⁉　私、昔、衛のためになんでもやったげたよね⁉　求められたらいつでもそばにいてあげたし、頼まれたことはなんでもやってあげた！　衛のために全部投げ打って、尽くしてきた！　違う⁉」

「ち、違わないけど……」

京子が言うように、昔、京子はぼくにとても良くしてくれた。

京子が高校に進学して、上京するまでの間、ずいぶん世話になったものだ。

でもあれは、親戚《しんせき》として、ぼくに同情していたからだとばかり……

「なのに、衛は、瑞希ちゃんに夢中だったよね⁉」

「うん……」

「それがほんとに嫌だった！　ほんとにッ……マジで嫌だったから！　信じられない！」

京子の大きな瞳から、ぼろっと大粒の涙が零《こぼ》れ落ちた。

泣いている。顔を真っ赤にして、京子が泣いている。

先月……もう、京子を二度と泣かさないと、誓ったばかりなのに。

でも、さすがにこれは予想できない……

「……あの、ごめん。もしかして……当時から、ぼくのこと、異性として好きだったの……？」

「当たり前でしょ⁉」

あ、当たり前なのか……

当時のぼく、小学生とか、ぎりぎり中学生とかの頃だけど……好きだったのか……

わかるわけない。

「ずっと許せなかった！　衛は、私をコケにしたんだよ⁉　あんなに頑張ったのに、私のことなんか全然顧《かえり》みなくて、瑞希ちゃん瑞希ちゃんって、馬鹿の一つ覚えみたいに、あ、あんな残酷なことない！　許せない、絶対許せないから！」

「ど、あの、どうしたらいい……？」

「だから別れるって言ってるの！」

それは駄目だ。

あまりに滅茶苦茶なことを言われて、唖然《あぜん》としていたけど、それだけは駄目だ。

考えられない。もう、京子がいない生活なんて、ぼくには無理だ。

「嫌だ。別れたくない」

「駄目、絶対に別れる……別れて、私と同じ思いを味わわせてやるからッ……！」

あっ。

カチッと、頭の中で何かがハマった。そうか。

もしかしたら……京子《きょうこ》は、ぼくに、仕返ししようとしているのかもしれない。

自分がないがしろにされたことをずっと根に持っていて、恨みを晴らそうとしている。

下手《へた》すれば、そのためにぼくと付き合った可能性さえある。

ぼくが京子を好きになってから、ふれば……きっとそれは立派な仕返しになる。

それほどまでに、根に持って、執着してたのか……

「京子、ごめん！」

だとすれば、とにかく謝らなければ。

「昔、無意識に悲しませてしまって、本当にごめん！」

「何年も私に酷《ひど》いことしといて、そんな簡単な謝罪一つで許されると思う!?」

「思わない！　思わないけど、京子が好きだから、傷つけたことを謝りたいんだよ！」

「だっ、……！」

京子が言葉を詰まらせた。

でもすぐに、またぼくを睨《にら》む。

「私、本気で衛《まもる》を恨んでるから……！　絶対、別れる……！」

くそ。意志が相当固い。

京子は、ぶれない。ぼくはそれを痛いほどに知っている。

そんな京子を、説得できるのか……？

いや。そもそも、京子はぼくをまだ、好きなのか？

とっくに好意はなくなっていて、仕返しのためだけにぼくと付き合っていたんじゃないか？

だとすれば、どれだけ説得しても、きっと無意味だ。

だったら、ぼくは……

「……わかった。そこまで言うなら、仕方ない……別れよう」

観念した。

ここで粘っても、京子の気持ちを動かせそうにない。

「えっ、あ……」

何かを叫ぼうと、大口を開いていた京子が、声を詰まらせた。

そしてぼくを見て、口の端をぐにゃっと引きつらせる。

望みどおりにしたのに、あまり嬉《うれ》しそうには見えない。

まあ、相当興奮しているし、今すぐそういう気分になるのは難しいか。

「せっ……清々した……！　ようやく、衛に私と同じ気持ちを味わわせることができた！」

京子《きょうこ》が険《けわ》しい表情のまま、勝ち誇る。

「……そうだね。これからは、ぼくが京子を追いかける」

ここまで怒りくるっている今、京子にぼくの言葉は決して届かないだろう。

だったら明日だ。明日がダメなら明後日《あさって》だ。

「え？」

別れが不可避で、それでも京子と離れたくないなら。

もう一度付き合えるよう、最初からやり直すしかない。

「どうしても、京子を諦《あきら》めきれない。好きなんだ、本当に……だから、今は別れるけど、またいずれ付き合ってもらえるよう、頑張る……」

言っていて、泣きそうになってきた。

ここ二か月の、京子との思い出が次々と頭の中を巡る。

くそ。楽しかったな。好きだったな。ずっと一緒に居たかったな。

でも、こうなった以上、どうしようもない。

じわっと滲《にじ》んだ涙を、隠すように指先で拭った。情けないから泣くな。

「ごめんね、京子」

「…………衛《まもる》、そんなに、私が好きなの？」

表情は険しいまま、京子が聞いてきた。

「そりゃあ、好きだよ。馬鹿みたいなこと言うけど、いつか結婚できたらなって思うくらい、好きだった。ずっと一緒にいたかった」

「…………ぁ、そっ……………ちなみに、私の、どこが好き？」

……今？

「えっと……一番は、優しいところ。ぼくのことを憎んでいるはずなのに、ぼくのために何度も怒ってくれたり……凛《りん》にも、瑞希《みずき》にも、桂花《けいか》さんにも……あと、努力家なところも尊敬してる。自分に厳しいところも格好良い。京子は、人として強いんだ。それがとてもすてきだ。もちろん、顔や仕草みたいな、そういう目に見える部分も大体全部好きだし……一緒にいて、心地いいところも好きだな。本当に離れたくない」

思いつく限り、京子の好きなところを挙げていく。

そうして口にするほど、自分がどれだけ京子を好きだったか、思い知らされた。

「……もう、ぼくは京子がいないと駄目だよ」

脱力して、笑った。

「だから、今度はぼくが頑張るよ。いつか、京子が……」

「やだ」

京子の、やたら力強い言葉に遮られる。

「やだっ……やだぁ！　やっぱ衛と別れたくないぃぃっ……！」

「はあ？」

「別れたくないよぉ……！　せっかく付き合えたのにぃ……！」

そう言って、京子《きょうこ》がぺたんと座り込んで、またぼろぼろ泣き出して……

「ちょっ、ちょっ……なに、なんなの……？」

「だっ、だって、だって、私だって、衛《まもる》のこと好きだし……じ、実際別れること考えたら、嫌だったんだよ！　なんなんだよぉ、もおぉぉ……！」

いや、なんなんだよは、こっちのセリフなんだけど……

「えぇー……じゃあ、別れないの？」

おそるおそる聞くと、京子が涙と洟《はな》でぐずぐずになった顔を上げた。

「わ、わかれっ…………ない……」

「別れないんだ……」

そう、確認が取れた瞬間、ドッと疲労が噴き出した。

足から力が抜けて、ずるっとその場に座り込む。

「そっか……はは…………あー、よかった……」

そのまま倒れ込みたくなるけど、さすがに自重する。

「なに笑ってんだよ……」

「いや、嬉《うれ》しくて……、あと安心して、なんだか笑っちゃった……」

同じように座り込んだ京子の、ぐっちゃぐちゃのぐっちゃぐちゃな顔が、目の前にある。

とんでもない泣き顔だ。

でも。

「綺麗《きれい》だなぁ……」

そう呟《つぶや》いて、京子にキスをした。

京子は、びっくりするくらい、抵抗しなかった。

エピローグ

鴉野征矢《うののせいや》

Epilogue

盆休みがあっという間に終わり、今日から夏期講習後半戦が始まる。

まるで休んだ気がしねぇ。盆休みの大半が部活の交流合宿で潰《つぶ》れたからな。

しかも今日から一週間夏期講習に行けば、その次の週には始業式で、すぐ二学期が始まる。

俺、今年の夏休みはマジで授業と部活以外なんもしてねぇよ。

ま、しゃーないか。

今日は顧問の都合で朝練がないから、いつもより遅めに家を出た。

「あー……？」

あくびをかみ殺しながら、呼び出したエレベーターに乗り込むと、上の階で先に乗ったらしく凛《りん》さんがいた。ブレザー姿で通学鞄《かばん》を手に持っている。

こないだ久しぶりに鉢合わせしたばっかなのに、珍しいことが続くもんだな。

「……はよざいます」

「……おはよう」

雑に挨拶《あいさつ》を交わす。

凜さんが奥まで詰めてくれたから、操作盤の前に立った。

「調子、よさそうすね」

エレベーターが動き出してから、なんとなく声をかける。

凜さんの顔は、数日前と比べりゃ格段に健康的になっていた。

目の下も抜けたような白色に戻っているし、血色も良い。

「衛《まもる》と仲直りしたんすか？」

ちょっと前なら想像すらしなかっただろうことを尋ねた。

衛は凜さんを死ぬほど嫌っていたし、凜さんは衛に一方的な感情を向けてたからな。

だからそんな馬鹿な質問はする価値すらなかった。

少し前までは、だが。

「……そうね。そんな感じね」

凜さんがなんてことないふうに言った。

「よかったすね」

ええ、という凜さんの返事と共に、エレベーターが一階に到着した。

開くボタンを押して「どうぞ」と促すと、凜さんがエレベーターから出ていく。

その後ろを、数歩離れて歩きながら、スマホを取り出した。

ツイッターを開き、衛《まもる》のアカウントを見る。

昨日、二か月ぶりに新しい投稿があった。

『今までの投稿は全部消します。これからまた、たまに写真を上げるかもしれません』

そんなメッセージと共に、女装した衛と、凛《りん》さんの自撮りがアップされていた。

これまで投稿されてきた画像とは、毛色が異なる。前は衛一人だけで、画像の加工も一切されていなかった。だから知ってる奴《やつ》が見りゃ、それが衛だってのは一発でわかった。

けど今回のは衛と凛さんの二人で、しかも個人を特定されないよう顔がぼかされている。

突然リテラシーが上がったな。過去の投稿も全部削除されてるしよ。まあ、散々拡散された後だから今更感はあんだけど、対策をまったくしないよか随分マシだ。

目を凝《こ》らすと、元の顔を知っているからか、二人の表情がなんとなく浮かんで見えた。

衛は微妙に嫌そうな顔で、凛さんはすました顔。

これだけ見りゃ、仲良しとまではいかずとも、普通の姉妹っぽく見えるな。

いや姉弟か。まあでも姉弟には見えねぇわ。

なんにしても、盆休み中、二人に何かあったのは間違いねぇ。

そんで多分それは、衛にとって良い方向の変化だったんだろう。

ま……めでてぇこった。

宵《よい》ケ《が》峰《みね》京《きょう》子《こ》

「そこまで」って試験監督の号令に、かちゃかちゃシャーペンを机に置く音が教室中に響いた。

しっくりこない難問と最後まで格闘してた私も、さすがに諦《あきら》めてシャーペンを置く。

予備校主催の、夏の一斉全国模試。

その試験会場で、私は初めての模試を受けた。

試験はマークシートだったから、一応全問題埋めはしたけど、でも手応えは？　って聞かれたら苦笑いで誤魔化《ごまか》すくらいにはわかんなかった。

ここ二、三か月、本気で勉強したのにな……いやま、そもそもまだ試験範囲、三分の一もやれてないし、わかんなくて当然なんですけども。これで手応えあったら逆に怖いまである。

でもやっぱ手応えなさすぎるのは普通につらいわ。

回収されてく答案をジトッと眺めて、でもそれで答案が正解になるわけじゃないから、ため息をついて教室を出た。くそ。次はもっといい結果を出してやるからな……絶対に！

廊下に出たら、他の教室からわらわら受験生が出てきてた。やば。急がなきゃ混むなこれ。早く出よっと。しっかり変装してるけど、身バレも怖いし。

エレベーターをスルーして階段を駆け下りてく。

衛《まもる》とは、予備校の建物の外で待ち合わせてる。

まだ人が少ない出入り口から出ると、意外なことに、衛が先に私を待ってた。

「どうだった？」

「最悪だった」

笑顔で聞かれて、笑顔で返す。悔しいけど、悲壮感出しても仕方ないし。

「そっか。京子《きょうこ》は受験勉強始めて、まだ半年もたってないしね」

「それでも結果が悪いのはやだし、次は良い点とる。リベンジしてやる」

「その意気だよ」

衛の腕に手を絡めて、私の車を止めてある有料駐車場へ、どちらともなく歩き出す。

今、試験を受けた予備校は、福岡市の親不孝通りにあって人通りが結構多い。だからすれ違う人たちとぶつからないよう、衛に身体《からだ》をよせて引っ付いて進む。

「衛はどうだった？」

「ぼく？　まあまあ。微妙なところもあったけど、そこまでひどくはないはず。まあ、ぼくはまだあと一年半あるから、みっちり対策していくよ」

衛はまだ高校二年生だから、本腰入れた受験対策はしてないみたいだ。

一応、赤本なんかは解いてるらしいけど。

「……ふーん。私も、今年度は見送って、来年度に衛と一緒に受験してもいいんだけどね」

私は高卒の資格あるし、今年度に大学を受験する予定だったけど……今日の手応えからして、あと半年で志望校に受かるほど学力を伸ばせるか不安になってきた。

「合格するとかしないとかは別にして、今年度は受けた方がいいと思うけど」

「やっぱり？」

「うん。京子は伸びしろの塊《かたまり》だから、ここから一気に追い上げてくと思うよ。こういうのって、毎日コツコツ続けてたら、ある日急に結果が伴ってくるらしいし。それにもし落ちても、予行演習になるでしょ」

「たしかに」

ていうか、試験範囲を全部終わらせてようやくスタートラインなのに、今弱音吐くのはただの馬鹿かも。それに、絶対今年受かるぞ！　くらい気合入れて取り組んだ方が、結果もついてくる気がするし。モチベってやっぱ大事だよな。

「ね。二人とも大学入れたら、同棲するよね？」

自分に気合入れるために、合格した後の『飴《あめ》』について確認する。

「そうだね。楽しみだ」って衛が微笑《ほほえ》んだ。

「私も楽しみ。広い部屋借りて、色々家具揃《そろ》えようね」

「お金があればね」

「それくらいは私の貯金でどうにかなるし」

「うーん……バイト探して、ぼくもちゃんとお金出すよ」

「えー！　一緒に居られる時間が少なくなるじゃん！」

「いや、大学生になってまで京子《きようこ》に奢《おご》ってもらい続けるのも、ちょっと……」

「……ま、その辺は実際同棲始めてから話し合おう」

「だね」

頷《うなず》いた衛《まもる》の腕を、ぎゅっと抱え込む。

衛は私より背が低いから、私のみぞおちからお腹《なか》の辺りに衛の腕が埋まる。

「あのさ」

「なに？」

「もし私が今年度合格できたら、私だけ一足先に県外の大学に行くことになるでしょ？」

「うん」

「そうなったら、多分週末とかしか会えなくなると思うんだけど」

「寂しくなるね」

「そう。寂しくなるんだよ。だからね？　……寂しくて、私の目が届かなくなるからって、こっちで浮気したら——マジで許さないから」

こういうのは、日々しっかり釘《くぎ》を刺しとかなきゃいけない。

衛がぴくっと震えた。

腕を抱え込んでるから、その震えがお腹に伝わってくる。

怯《おび》えてるってより、驚いたって反応かな、これ。

「い、いや、いや……しないって、浮気なんか……急に怖いな。ぼく、京子一筋だよ?」

「うん。知ってる。でも、衛はさ、前科があるじゃん?」

「……前科って、えーっと、瑞希《みずき》のこと……?」

「そうです。瑞希ちゃんに片恋《かたこい》してたことです」

衛の顔が引きつった。

「ず、ずいぶん引きずるよね……」

先月のお盆休み。別れるとか別れないとか言い争った私たちは、結局、雨降って地固まる的に仲直りすることになった。

私は衛の過去の「汚点」を、衛は嫉妬《しっと》深い私を、それぞれ受け入れてね。

なんなら、お互いに腹の内を全部見せあって、前より親密な関係になれたかもしれない。

ま、復讐《ふくしゅう》は失敗しちゃったけど、それで良かったなって今は思う。

あの時、衛が必死に私を繋《つな》ぎとめようとしてくれて……私、報われちゃったんだよな。

はー……愛されてるわ。私、誰よりも衛に愛されてるわ。

って、実感できちゃったので。

過去、衛が瑞希ちゃんを好きだったとしても、あの時の愛より今の愛の方が大きい。

って、実感できちゃったので。

だからもう、復讐《ふくしゅう》はおしまい。

ま、試合に負けて勝負に勝った的な？

だって結局、衛《まもる》、私にべた惚《ぼ》れだし。これもう、実質私の勝ちだろ。

そんなわけで瑞希《みずき》ちゃんのことは、さっぱり水に流した。

ほんとに全然気にしてない。あぁ、衛が昔ちょっとだけ好きだった子ね、みたいな。

ただ……あの時、衛が私に見せてくれた必死さが、どーしても忘れらんなくて、私はたまに、ほんとにたまにだよ？　……瑞希ちゃんの話を蒸し返したりする。

「ねえ、京子《きょうこ》。もう何回も言ったと思うけど、今は京子が一番だから。むしろ、京子しか愛してないから。本当だよ」

衛が私の目を見て、必死にそう訴えかけてきて……

……ぞくぞくっとしちゃう。

や、悪いことしてるって自覚は、正直ある！

すまん衛、とも思ってる！

でもやっぱ、たまにはこうしてわかりやすく愛を浴びたいわけですよ。ごめんね。

「うそうそ。冗談だよ」

ただやりすぎるとガチで嫌われるかもだから、その辺は見極めながらやらなきゃいけない。

笑顔を向けると、衛《まもる》がほっとしたように胸をなでおろした。

そして私を見上げてくる。

「ねえ。京子《きょうこ》こそ、浮気しないでよ?」

お?

「……しないよぉ。なに寝言言ってるの?」

「でも大学って色々出会いがありそうだし……一応、遠距離恋愛になるわけでしょ?」

なんて不安に揺れた目を向けられて、グッときた。

やば。こいつ嫉妬《しっと》しとる……マジで可愛いんですけど!

「衛。上京してた五年間、ずっと衛に片恋《かたこい》つづけてた私を、さては舐《な》めてるな?」

「……あぁ、まあ、そう言われたら何も言い返せないんだけど」

衛が苦笑した。

「大丈夫だよ。大好きだから。誰より何より、一生愛してるから」

ちょっと……いやかなり恥ずかしかったけど、でも良いもの見せてもらったお礼に、照れを我慢して言ってあげた。

「京子ってさ」

衛がぽかんとした顔で、私を見上げて……笑った。

「うん?」

「愛が、重たいよね」

なんだ。

今更気付いたのか。

あとがき

大変お世話になっております。鶴城《かくじょう》です。

最終巻です。衛《まもる》くんと愛が重たい少女たちの物語は、以上で終了となります。

足掛け一年半……準備期間まで含めれば三年弱ですか。好き勝手にやらせていただいたシリーズでした。まさか自分の好みをこうもストレートに原稿にぶち込み、それを世間に出させてもらえる機会があるなど思ってもいなかったので、大変に得難い経験をさせてもらったなと思います。

ここまでお付き合いいただいた皆様方も、本当にありがとうございました。

いやー……それにしても、いいですよね。

激重感情を抱えこんで、頭パンクして、暴走するキャラって。超好き。マジで好き。

主人公がヒロインからドス黒い愛情を浴びせられる瞬間が、たまらねぇんだぜ。

わりと本気で、その一念でこの作品生まれたとこがありますからね。

くらえ、性的嗜好《しこう》大開脚！　おらぁ！

死んでも自分の子供には見せられねぇな。

そんなわけで、ここまで読んでくださった皆様が、この先激重《おも》な運命の人と巡り合い、重厚な愛を受け取れますよう、全力でお祈りさせていただければなと。

『衛くん』をお手に取ってくださった方々に、幸あれ！　愛よ、降り注げ！

いやまあ、現実で作中人物みたいな連中に絡まれたら、普通に苦痛か。

やっぱ今の祈りなしで。ノーカンです。

みんな普通に幸せになってくれ。

……はい。

最後なのでせっかくだし作品に関する小話でもしようかと思っていたのですが、これが中々ちょうどいいネタがないので、こんな感じで締めさせていただきます。いや、製作に関しては色々な苦労がありましたが、そういうのって作中には無関係ですしね……

最後に謝辞を。

担当編集さん。今回も主に締切り方面で多大なご迷惑をおかけしてしまい、大変申し訳ございませんでした。次こそ、次こそ頑張りますので、またよろしくお願いいたします……

あまなさん。元々素晴らしかったイラストが、巻を追うごとにさらに素晴らしさを増していき、最高でした。ありがとうございました。あと今巻の表紙マジでやばいすね。無敵か？

最後に読者の皆様。本作をお手に取っていただき、本当にありがとうございました。

いつかまた、よろしくお願いいただければ幸いです。

AGAGAGAGAGAGAGAGAGAGAGA

クラスメイトが使い魔になりまして

著／鶴城《かくじょう》 東《あずま》

イラスト／なたーしゃ
定価：本体 630 円＋税

ある日突然クラスメイトが使い魔に？　口汚さしか取り柄のない
魔術師見習いの高校生活は、最強の魔人と融合した彼女に振り回され続ける。
クズご主人×意識高い系使い魔女子が紡ぐ、ファミリア・ラブコメ！

ガガガ文庫11月刊

死神と聖女 ～最強の魔術師は生贄の聖女の騎士となる～

著／子子子子《ねこじし》 子子子《こねこ》

イラスト／南方《みなかた》 純《すなお》

「死神」と呼ばれる暗殺者メアリと、自らの死を使命とする「聖女」ステラ。二人は出会い、残酷な運命に翻弄されてゆく。豪華絢爛な全寮制女子学園を舞台に繰り広げられる異能少女バトルファンタジー！

ISBN978-4-09-453156-5（ガね1-1）　定価957円（税込）

少女事案 炎上して敏感になる京野月子と死の未来を猫として回避する雪見文香

著／西《にし》 条陽《じょうよう》

イラスト／ゆんみ

雪見文香。小学五年生、クールでキュートな美少女で、限定的に未来が見える——そして何故か、俺の飼い猫。夏の終わりに待つ「死」を回避するためペットになった予知能力少女と駆ける、サマー×ラブ×サスペンス。

ISBN978-4-09-453160-2（ガに4-1）　定価836円（税込）

スクール=パラベラム 最強の傭兵クハラは如何にして学園一の劣等生を謳歌するようになったか

著／水田《みずた》 陽《あきら》

イラスト／黒井《くろい》ススム

十代にして世界中を飛び回る〈万能の傭兵〉こと俺は現在、〈普通の学生〉を謳歌中なのであった。……いやいや、史上最高の傭兵にだって休暇は必要だろ？　さあ始めよう、怠惰にして優雅な、銃弾飛び交う学園生活を！

ISBN978-4-09-453161-9（ガみ14-4）　定価836円（税込）

衛くんと愛が重たい少女たち3

著／鶴城《かくじょう》 東《あずま》

イラスト／あまな

小動物系男子・衛くんは、愛が重たすぎる少女たちに包囲されている！　いろいろのり越えて、元アイドルの従姉・京子と相思相愛中!!　そしてついに、お泊まり温泉旅行!?

ISBN978-4-09-453163-3（ガか13-7）　定価814円（税込）

GAGAGA
ガガガ文庫

衛くんと愛が重たい少女たち 3

鶴城 東

発行　2023年11月25日　初版第1刷発行

発行人　鳥光 裕

編集人　星野博規

編集　湯浅生史

発行所　株式会社小学館
〒101-8001 東京都千代田区一ツ橋2-3-1
[編集]03-3230-9343 [販売]03-5281-3556

カバー印刷　株式会社美松堂

印刷・製本　図書印刷株式会社

Printed in Japan ISBN978-4-09-453163-3

第19回小学館ライトノベル大賞
応募要項!!!!!!!!!!!!!!!!!!!!!!!!!!!!

ゲスト審査員は田口智久氏!!!!!!!!!!!!!
（アニメーション監督、脚本家。映画『夏へのトンネル、さよならの出口』監督）

大賞：200万円＆デビュー確約
ガガガ賞：100万円＆デビュー確約
優秀賞：50万円＆デビュー確約
審査員特別賞：50万円＆デビュー確約
スーパーヒーローコミックス原作賞：30万円＆コミック化確約
（てれびくん編集部主催）

第一次審査通過者全員に、評価シート＆寸評をお送りします

内容 ビジュアルが付くことを意識した、エンターテインメント小説であること。ファンタジー、ミステリー、恋愛、ＳＦなどジャンルは不問。商業的に未発表作品であること。
（同人誌や営利目的でない個人のWEB上での作品掲載は可。その場合は同人誌名またはサイト名を明記のこと）

選考 ガガガ文庫編集部＋ゲスト審査員 田口智久
（スーパーヒーローコミックス原作賞はてれびくん編集部による選考）

資格 プロ・アマ・年齢不問

原稿枚数 ワープロ原稿の規定書式【１枚に42字×34行、縦書き】で、70～150枚。

締め切り 2024年9月末日 ※日付変更までにアップロード完了。

発表 2025年3月刊『ガ報』、及びガガガ文庫公式WEBサイト GAGAGA WIREにて

応募方法 ガガガ文庫公式WEBサイト GAGAGA WIREの小学館ライトノベル大賞ページから専用の作品投稿フォームにアクセス、必要情報を入力の上、ご応募ください。
※データ形式は、テキスト（txt）、ワード（doc、docx）のみとなります。
※同一回の応募において、改稿版を含め同じ作品は一度しか投稿できません。よく推敲の上、アップロードください。
※締切り直前はサーバーが混み合う可能性があります。余裕をもった投稿をお願いします。

注意 ○応募作品は返却致しません。○選考に関するお問い合わせには応じられません。○二重投稿作品はいっさい受け付けません。○受賞作品の出版権及び映像化、コミック化、ゲーム化などの二次使用権はすべて小学館に帰属します。別途、規定の印税をお支払いいたします。○応募された方の個人情報は、本大賞以外の目的に利用することはありません。